Boule de suif

ÉTONNANTS • CLASSIQUES

MAUPASSANT

Boule de suif

Présentation, notes, chronologie et dossier par
NATHALIE MEYNIEL,
professeur de lettres

Cahier photos par
MARIE-ANNE DE BÉRU

Flammarion

De Maupassant,
dans la collection « Étonnants Classiques »

Apparition, in *Nouvelles fantastiques* (vol. 1)
Bel-Ami
Boule de suif
Hautot père et fils, in *Trois Nouvelles naturalistes*
Le Horla et autres contes fantastiques
Le Papa de Simon et autres nouvelles
La Parure et autres scènes de la vie parisienne
Pierre et Jean
Toine et autres contes normands
Une partie de campagne et autres nouvelles au bord de l'eau

Édition revue, 2014.
ISBN : 978-2-0813-4271-2
ISSN : 1269-8822

SOMMAIRE

PRÉSENTATION

Une guerre fatale

Le 1er septembre 1870, la France se réveille en état de choc : l'artillerie prussienne, lors de la bataille de Sedan, vient d'écraser l'armée française, l'empereur Napoléon III a été fait prisonnier, la capitulation est imminente. Le 19 juillet 1870, la France avait déclaré la guerre à la Prusse. Moins de deux mois plus tard, l'Empire est renversé et, malgré une tentative désespérée de résistance menée par le gouvernement de la défense nationale, le traité de Francfort est signé. Les exigences de Bismarck sont drastiques : la France doit céder l'Alsace et la Lorraine [1] à la Prusse et lui verser une indemnité de cinq milliards de francs. Cependant que l'unité de l'Allemagne voulue par Bismarck se réalise enfin, la France, en plein désarroi, essaie de reconstituer ses forces, après le souvenir cuisant de Sedan et l'épisode sanglant de la Commune.

Maupassant a alors vingt ans. Bachelier depuis peu, le jeune Normand qui rêvait de poésie se trouve pris dans le tourbillon de la guerre : mobilisé et affecté dans l'Intendance à Rouen, il doit interrompre ses études de droit à la faculté de Paris. L'année qu'il passe sous les drapeaux, la succession des défaites françaises, la débâcle à laquelle il assiste [2] le marquent considérablement : la guerre sera une source d'inspiration féconde pour le jeune écrivain.

---

1. Lire, par exemple, dans *Les Contes du lundi* de Daudet le récit intitulé « La dernière classe », récit d'un petit Alsacien.
2. Voir dans le dossier l'extrait d'une chronique de Maupassant publiée dans le *Gil Blas* en 1883.

De la réalité à la fiction

Maupassant, en effet, puise volontiers son inspiration dans son expérience, dans l'observation de la vie, dans des anecdotes qu'on lui raconte [1]. Ainsi, nombre de ses nouvelles ont pour cadre la Normandie où il est né et à laquelle il est resté très attaché : après la séparation de ses parents, il y a passé une enfance libre et heureuse avec son jeune frère Hervé et sa mère Laure Le Poittevin. Il a connu alors une vie au grand air, partagée entre les jeux avec les petits paysans, les études et les plaisirs qu'offre la mer. L'après-guerre le voit s'installer à Paris où il est fonctionnaire au ministère de la Marine puis de l'Instruction publique. Son travail se révélant ennuyeux, il se distrait en s'essayant à la littérature, en pratiquant avec énergie le canotage au bord de la Seine et en multipliant les aventures féminines. C'est à cette période qu'il contracte la syphilis.

Dans les mêmes années, il se met à fréquenter les milieux littéraires grâce à Flaubert, ami d'enfance de sa mère, qui, lors de ses séjours dans la capitale, le guide et le protège ; il fait la connaissance d'écrivains célèbres : Tourgueniev, Zola, Huysmans, Daudet, les frères Goncourt.

En 1880, grâce au succès immédiat que connaît *Boule de suif*, il quitte l'administration. Désormais, il vivra de sa plume et partagera sa vie, en dépit d'ennuis de santé chroniques, entre les voyages et la littérature. Ayant abandonné la poésie qui d'abord l'avait attiré pour se consacrer au genre narratif, il publie force nouvelles, réalistes ou fantastiques, des romans et collabore régulièrement comme chroniqueur à des journaux, notamment *Gil Blas*, *Le Gaulois*.

1. Voir dans le dossier la lettre publiée le 5 janvier 1871 dans *Le Journal du Havre*.

Toutefois, la fin de sa vie est difficile : ses troubles nerveux s'intensifient, la mort de son frère touché par la folie l'ébranle profondément et il est poursuivi par la hantise de succomber au même mal. *Le Horla*, nouvelle fantastique qui analyse un cas pathologique de dédoublement, témoigne des peurs obsessionnelles qui habitent Maupassant. Sa santé morale et physique ne cesse de se dégrader : après une tentative de suicide avortée, il est interné dans une clinique où il meurt en juillet 1893.

Un écrivain à succès

Quand Maupassant meurt à quarante-trois ans, il est un écrivain reconnu qui a charmé le public, entre autres, par la véracité féroce de ses récits. Il est à la tête d'une œuvre immense qu'il a composée en dix ans à peine alors qu'il menait parallèlement une vie trépidante. C'est Zola, fort ému, qui lui rendra ce dernier hommage lors de ses obsèques au cimetière du Montparnasse : « Célèbre du jour au lendemain, il ne fut même pas discuté [...]. S'il a été, dès la première heure, compris et aimé, c'était qu'il apportait l'âme française, les dons et les qualités qui ont fait le meilleur de sa race. »

De fait, le coup d'essai de Maupassant, *Boule de suif*, fut un coup de maître : d'inconnu, il devint célèbre. Le patronage de Flaubert ne fut sans doute pas inutile, qui avait veillé sur les ambitions littéraires du jeune Maupassant et réfréné ses ardeurs en le forçant à travailler plutôt que de céder à la facilité de publications hâtives. À la parution de *Boule de suif*, Flaubert se montre enthousiaste : « *Boule de suif*, le conte de mon disciple, dont j'ai lu ce matin les épreuves, est un *chef-d'œuvre* ; je maintiens le mot, un chef-d'œuvre de composition, de comique et d'observation [1]. »

1. Lettre à sa nièce Caroline.

La naissance de *Boule de suif*

Pour la publication de *Boule de suif*, Maupassant a bénéficié de l'autorité et de la protection de Zola. En 1880, au cours d'un dîner à Médan chez le célèbre écrivain qui réunit Huysmans et de jeunes écrivains, dont Maupassant, naît l'idée de publier un recueil de textes collectif ayant pour thème la guerre de 1870. Le premier titre avancé, *L'Invasion comique*, est rejeté pour son caractère provocateur et c'est un titre plus neutre qui est choisi par le groupe d'écrivains : *Les Soirées de Médan*. Le nom de Zola fait autorité et permet de lancer auprès du public les cinq jeunes auteurs. *Boule de suif* est né. Par certains aspects, au moment de sa parution, la nouvelle paraît scandaleuse et insolente : la manière dont Maupassant y aborde la guerre de 1870 (des bourgeois fuyant Rouen occupée, une prostituée patriote), encore fraîche dans les esprits, s'inscrit totalement à contre-courant d'une époque marquée par un patriotisme revanchard et exacerbé. Aussi Maupassant prend-il soin de s'expliquer sur ses intentions auprès de son conseiller Flaubert : « Nous n'avons eu, en faisant ce livre, aucune intention antipatriotique ni aucune intention quelconque ; nous avons voulu seulement tâcher de donner à nos récits une note juste sur la guerre, de les dépouiller du chauvinisme à la Déroulède [1], de l'enthousiasme faux jugé jusqu'ici nécessaire dans toute narration où se trouvent une culotte rouge et un fusil. [...] Ce ne sera pas antipatriotique, mais simplement vrai : ce que je dis des Rouennais est encore beaucoup au-dessous de la vérité [2]. »

1. Volontaire lors de la guerre franco-prussienne, Déroulède fut le fondateur de la Ligue des patriotes. Ses œuvres (chants, poèmes) expriment un patriotisme à caractère nationaliste et revanchard. Voir dossier.
2. Lettre du 5 janvier 1880.

Une nouvelle réaliste

Si Maupassant tire bénéfice de la renommée de Zola, le père de « Nana », lui, se sent soutenu, à un moment où son œuvre est en butte à de vives critiques, par toute cette jeunesse qui va former la nouvelle école du naturalisme. En effet, *Les Soirées de Médan* se veulent aussi un manifeste en faveur de cette manière d'envisager la littérature et le rôle de l'écrivain qu'est le naturalisme. Selon Zola qui a entrepris le cycle des Rougon-Macquart, le roman doit avoir une fonction expérimentale : l'écrivain observe avec minutie la réalité, proscrit toute idéalisation du réel et reproduit la réalité le plus fidèlement possible. L'auteur naturaliste n'hésite donc pas à décrire la réalité la plus basse, la plus sordide.

Si Maupassant prend très vite ses distances avec le naturalisme, il a des affinités avec ce courant littéraire ainsi qu'avec le réalisme, incarné en partie par Flaubert, qui a, pour sa part, souci d'observer la réalité avec objectivité et de donner au lecteur l'impression du vrai. De fait, *Boule de suif* frappe par son souci du détail (uniformes des soldats, topographie précise, petits pains Régence...). Il semble en outre que les principaux personnages de la nouvelle aient réellement existé : Cornudet serait inspiré de Charles Cord'homme, Rouennais candidat à toutes les élections et second mari de la tante de Maupassant. Pouyer-Quertier, célèbre propriétaire local d'une fabrique de cotonnades, président de la Chambre de commerce de Rouen, prêterait ses traits à Carré-Lamadon, lequel, aux yeux de Flaubert, incarne le type parfait du bourgeois du XIXe siècle. Boule de suif aurait pour modèle Adrienne-Annonciade Legay, prostituée rouennaise. De la même façon, le fait divers dont s'inspire la nouvelle est tiré d'un article paru dans *Le Journal du Havre*[1]. Enfin, l'auberge de

1. Voir p. 85.

Tôtes où se déroule l'essentiel de *Boule de suif* existe réellement : il s'agit de l'auberge du Cygne où Flaubert composa en partie *Madame Bovary* et Maupassant *Boule de suif*.

Maupassant n'a cependant jamais voulu se laisser enfermer dans un carcan doctrinal. Dès 1877, avant même la publication des *Soirées de Médan*, il écrivait à l'écrivain Alexis qui participait au recueil : « J'ai réfléchi au manifeste qui nous occupe : [...] Je ne crois pas plus au naturalisme et au réalisme qu'au romantisme. » Plus tard, dans la célèbre préface de *Pierre et Jean*, roman publié en 1888, Maupassant prend très nettement ses distances par rapport au réalisme et au naturalisme :

> « Le vrai peut quelquefois n'être pas vraisemblable.
> Le réaliste, s'il est un artiste, cherchera, non pas à nous montrer la photographie banale de la vie, mais à nous en donner la vision plus complète, plus saisissante, plus probante que la réalité même. [...] J'en conclus que les Réalistes de talent devraient s'appeler plutôt des Illusionnistes. »

Chaque artiste a donc sa propre vision de la réalité.

Une vision personnelle de la guerre de 1870

Des six nouvelles formant *Les Soirées de Médan*, *Boule de suif* est la seule à avoir joui d'un succès immédiat et franc et elle est aussi la seule à être encore célèbre de nos jours. Pourquoi ?

Maupassant, on l'a dit, fut terriblement marqué par la débâcle de l'armée française à laquelle il assista ; sur les trois cents nouvelles qu'il écrivit, une vingtaine à peu près lui sont consacrées ; ce n'est le cas d'aucun de ses romans. L'une de ses chroniques les plus virulentes, parue dans le journal *Gil Blas* en 1883, est un réquisitoire sans appel contre la guerre. On y retrouve les propos de Madame Follenvie dans *Boule de suif*.

Mais – étrange paradoxe –, des aspects hideux de la guerre, de l'absurdité de batailles entraînant la mort d'innocents, des dévastations gratuites causées dans les campagnes, il n'est jamais question dans les nouvelles. Le destin collectif de la nation y est rarement évoqué, si ce n'est dans les premières pages de *Boule de suif* qui dépeignent de manière impitoyable la déroute de l'armée française. Mais le propos de Maupassant est autre : en choisissant pour protagonistes des membres de la société civile – et non, comme on pourrait s'y attendre, l'armée –, il entend plutôt dénoncer les mensonges patriotiques d'une société qui cautionne, selon lui, la guerre, cette monstruosité. Dans *Boule de suif*, les passagers de la diligence forment un microcosme social : noblesse, petite, moyenne et grande bourgeoisie, clergé, bonapartistes, royalistes, républicains sont représentés. La seule personne authentiquement patriote est une prostituée, une de celles que la société rangée, détentrice de la morale et garante des institutions, méprise. Celle-ci, en effet, ne supporte pas que le courage et la résistance face à l'ennemi soient l'apanage d'une prostituée ; aussi va-t-elle s'employer à remettre l'héroïne à sa place de prostituée, sans égard pour ses convictions de citoyenne.

Si Maupassant refuse de peindre des scènes de guerre collectives, c'est qu'il se plaît à décrire une personne libre dont la seule dignité est de choisir la résistance. À trois reprises, Boule de suif opère ce choix : elle fuit Rouen pour avoir manqué étrangler un Prussien, elle se refuse à Cornudet parce qu'« il y a des Prussiens dans la maison », et elle tente de ne pas céder aux pressions du groupe lui enjoignant de se donner à l'officier. Les autres passagers, à l'exception des religieuses, se trouvent dans la diligence pour des motifs beaucoup moins nobles : il s'agit avant tout de défendre leurs intérêts.

Une nouvelle pessimiste

Toutefois, après avoir achevé la nouvelle dont le dernier mot est « ténèbres », le lecteur ne peut que ressentir un profond découragement face au comportement des « gens comme il faut » qui ignorent et traitent avec le plus grand mépris celle qui aurait dû forcer leur reconnaissance et leur admiration. Le regard de Maupassant sur la société et la nature humaines est d'un pessimisme noir. Un instant, on aurait pu croire que la guerre allait bouleverser la hiérarchie sociale en permettant la réunion dans deux lieux clos (la diligence, puis l'auberge) de personnes qui, en temps ordinaire, n'auraient jamais eu l'occasion de se fréquenter. C'est pourquoi, d'ailleurs, les personnages n'ont guère d'épaisseur psychologique ; l'important aux yeux de Maupassant est bien leur statut social. Ainsi le premier repas dans la diligence semble être un moment de partage à la fois de la nourriture et de la parole. En apparence, les notables ne considèrent plus Boule de suif comme une « honte publique », mais comme une concitoyenne digne de respect. Cette alliance est concrétisée quand, dans un premier temps, la jeune femme recueille le soutien des bourgeois face aux demandes de l'officier. Mais finalement la coalition qui aurait dû, en temps de guerre, l'emporter – celle des vaincus face au vainqueur –, explose, et bientôt les passagers de la diligence en viennent à justifier le comportement de l'officier prussien, socialement plus proche d'eux : « Moi je trouve qu'il se conduit très bien, cet officier. [...] Il se contente de celle à tout le monde. Il respecte les femmes mariées. » Ces paroles de Madame Loiseau sont révélatrices du cynisme des bourgeois : quelles que soient les qualités de Boule de suif, sa générosité, son patriotisme, elle restera une « honte publique ». Il lui est impossible d'échapper à son statut social, comme le montre la scène finale. Dès lors, les périphrases désignant les bourgeois : les « gens comme il faut », les

« honnêtes gens autorisés qui ont de la Religion et des Principes [1] » sonnent comme des antiphrases, procédé par excellence de l'ironie.

De fait, la griffe de Maupassant n'épargne aucun des personnages : les religieuses n'ont pas une attitude chrétienne envers l'héroïne et Cornudet, malgré son air inoffensif, n'est guère plus sympathique que les autres ; il reste certes en dehors de la coalition menée contre Boule de suif mais ne lui offre pas de nourriture et, si en chantant *La Marseillaise*, il exaspère les notables, il ne réconforte nullement Boule de suif. Quant à celle-ci, Maupassant souligne sa solitude face à ceux qui la dénigrent. Boule de suif, en effet, ne prend à aucun moment la parole pour faire valoir son point de vue ; et parce qu'elle a intégré leur système de valeurs, elle ne réussit même pas à dire sa colère et son indignation. Ce sont les larmes, signes de sa fragilité, qui l'emportent.

Le pessimisme de Maupassant est aussi perceptible dans la construction très maîtrisée de la nouvelle. Les deux scènes de départ, les deux repas pris dans la diligence se font écho : à la débandade initiale de l'armée française répond la fuite finale de civils qui ont capitulé face à un officier prussien, à l'égoïsme des bourgeois se choisissant les meilleures places répond leur individualisme final. Enfin, de même qu'ils ont mangé sans vergogne le contenu du panier de Boule de suif, de même ils n'ont pas hésité à se servir de son corps comme moyen d'échange contre leur liberté. Cet effet de cercle est significatif du sens de la nouvelle : aucune évolution ne semble possible dans une société minée par l'effondrement des valeurs.

1. Les majuscules ont une signification ironique : elles mettent en relief des valeurs que les bourgeois sont loin de posséder.

CHRONOLOGIE

1850 1893

1850 1893

■ Repères historiques et culturels

■ Vie et œuvre de l'auteur

Repères historiques et culturels

1848	Révolution de février : abdication de Louis-Philippe ; fin de la monarchie de Juillet ; début de la IIe République.
1851	*2 décembre* : coup d'État de Louis Napoléon Bonaparte qui dissout l'assemblée législative et renforce le pouvoir exécutif à son profit.
1852	Début du second Empire : Louis Napoléon Bonaparte devient Napoléon III.
1853	*Les Châtiments*, Victor Hugo.
1857	*Les Fleurs du mal*, Baudelaire. *Madame Bovary*, Flaubert.
1858	*Le Roman de la momie*, Théophile Gautier.
1862	*Les Misérables*, Victor Hugo.
1866	*Poèmes saturniens*, Verlaine. *Le Parnasse contemporain* : recueil de vers d'un groupe de jeunes poètes : Gautier, Banville, Hérédia, Leconte de Lisle. Début de la parution des *Lettres de mon moulin*, Daudet.
1869	*L'Éducation sentimentale*, Flaubert.
1870	*19 juillet* : la France déclare la guerre à la Prusse. L'armée française est battue en Alsace, en Lorraine, à Sedan où Napoléon III est fait prisonnier. Capitulation de l'armée française. Chute du second Empire. *4 septembre* : proclamation de la IIIe République. Siège de Paris par les Prussiens.

Vie et œuvre de l'auteur

1850 Naissance de Guy de Maupassant, à Fécamp en Normandie, de Gustave de Maupassant et de Laure Le Poittevin, amie d'enfance de Flaubert.

1856 Naissance de son frère Hervé. Séparation des parents de Maupassant. Guy et Hervé sont élevés par leur mère à Étretat.

1863 Maupassant entre dans une institution religieuse à Yvetot.

1868 Entrée de Maupassant au lycée de Rouen ; il a pour correspondant Louis Bouilhet, ami de Flaubert.

1869 Bachelier, Maupassant s'inscrit à la faculté de droit de Paris.

1870 Mobilisé, il est affecté dans l'intendance à Rouen et assiste à la débâcle.

Repères historiques et culturels

1871	Traité de Francfort : la France cède à l'Empire allemand l'Alsace et une partie de la Lorraine, et lui verse une indemnité de cinq milliards de francs. Commune de Paris.
1872	*Le Tour du monde en quatre-vingts jours*, Jules Verne.
1873	*Une saison en enfer*, Rimbaud. Échec de la restauration monarchique.
1874	Première exposition des impressionnistes : Monet, *Impression, soleil levant.*
1876	Invention du téléphone par Bell.
1877	*L'Assommoir*, Zola. Invention du phonographe par Edison.
1880-1882	Lois de Jules Ferry sur l'enseignement primaire, gratuit, laïque et obligatoire.

Vie et œuvre de l'auteur

1871 Démobilisation.

1872 Entrée au ministère de la Marine.

1874 Sous la conduite de Flaubert, il s'exerce à des travaux littéraires. Il rencontre Zola et les futurs naturalistes : les Goncourt, Tourgueniev… Il mène durant toutes ces années de jeunesse une vie très libre. Il s'adonne au canotage sur la Seine et multiplie les conquêtes féminines.

1875 Parution d'un premier conte (fantastique), *La Main d'écorché*, sous un pseudonyme. Chez Zola, il retrouve les écrivains qui formeront le groupe de Médan.

1877 Apparition de troubles de santé (syphilis).

1879 Entrée au ministère de l'Instruction publique.

1880 Parution de *Boule de suif* dans le recueil de nouvelles intitulé *Les Soirées de Médan* placé sous l'autorité de Zola. Succès immédiat.
Mort de Flaubert. Maupassant en est très affecté.
Maupassant quitte son emploi administratif pour vivre de sa plume. Il lit avec admiration le philosophe pessimiste Schopenhauer. Il commence une longue série de voyages et se rend en Corse.

1881 Publication de *La Maison Tellier*, recueil de contes. Maupassant commence à collaborer à des journaux comme *Gil Blas*, *Le Gaulois*, dans lesquels est publiée la majorité de ses nouvelles et chroniques.

Repères historiques et culturels

1882 Découverte par Koch du bacille de la tuberculose, « maladie du siècle ».

1884 *À rebours*, Huysmans.

1885 *Germinal*, Zola.
Expérience de Pasteur sur la rage.

1887 Fin de l'école naturaliste.

1889 Exposition universelle de Paris : la tour Eiffel.

1891 Leçons du mardi de la Salpêtrière sur les maladies nerveuses et leur origine par le professeur Charcot dont Maupassant fut l'auditeur.

Vie et œuvre de l'auteur

1882 *Mademoiselle Fifi*, recueil de nouvelles.

1883 *Une vie*, roman. *Contes de la bécasse*.
Maupassant se fait construire une maison à Étretat.

1884 *Miss Harriet*, *Les Sœurs Rondoli*.

1885 *Contes du jour et de la nuit*, *Bel-Ami*.
Maupassant s'offre un yacht qu'il baptise le *Bel-Ami* sur lequel il entreprendra de nombreuses croisières en Méditerranée.

1887 *Le Horla* (fantastique).

1888 *Pierre et Jean*, roman précédé d'une étude sur le roman en préface.

1889 Internement à l'asile de Bron de son frère Hervé qui meurt peu après à trente-trois ans.
La Main gauche, recueil de contes.
Fort comme la mort.

1890-1891 L'état de santé de Maupassant empire de jour en jour.

1892 Maupassant tente de se suicider, il est interné dans la clinique du docteur Blanche à Passy. Peu à peu, il est gagné par le délire et la paralysie générale.

1893 *6 juillet* : mort de Maupassant.
Il est enterré au cimetière du Montparnasse.

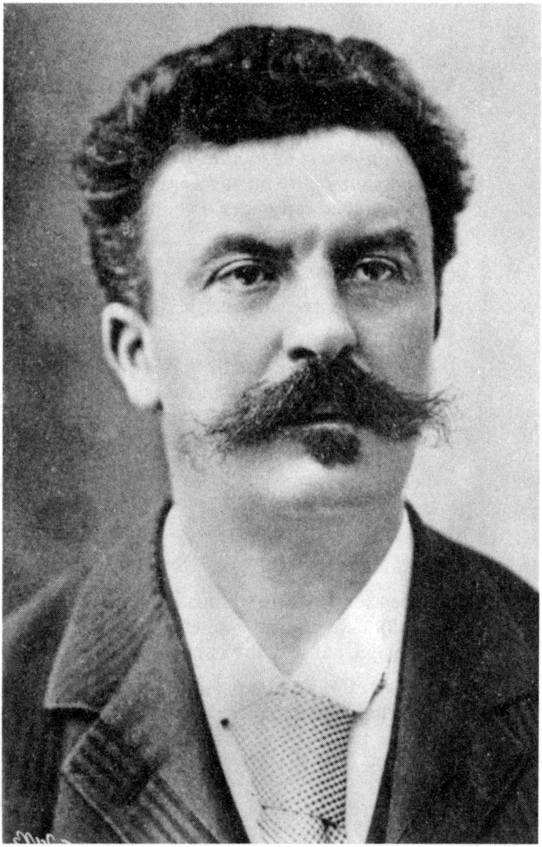

■ Portrait de Guy de Maupassant par Nadar.

Boule de suif

Pendant plusieurs jours de suite des lambeaux d'armée en déroute avaient traversé la ville. Ce n'était point de la troupe, mais des hordes débandées[1]. Les hommes avaient la barbe longue et sale, des uniformes en guenilles, et ils avançaient d'une allure molle, sans drapeau, sans régiment. Tous semblaient accablés, éreintés, incapables d'une pensée ou d'une résolution, marchant seulement par habitude, et tombant de fatigue sitôt qu'ils s'arrêtaient. On voyait surtout des mobilisés[2], gens pacifiques, rentiers tranquilles, pliant sous le poids du fusil ; des petits moblots[3] alertes, faciles à l'épouvante et prompts à l'enthousiasme, prêts à l'attaque comme à la fuite ; puis, au milieu d'eux, quelques culottes rouges[4], débris d'une division moulue dans une grande bataille ; des artilleurs sombres[5] alignés avec ces fantassins divers ; et, parfois, le casque brillant d'un dragon[6] au pied pesant qui suivait avec peine la marche plus légère des lignards[7].

---

1. ***Débandées*** : désordonnées, dispersées.

2. ***Mobilisés*** : hommes appartenant à l'armée de réserve, rappelés pour la guerre.

3. ***Moblots*** : soldats de la Garde nationale mobile, indisciplinée et mal entraînée.

4. ***Culottes rouges*** : soldats de l'Infanterie dont le pantalon rouge était célèbre.

5. ***Artilleurs sombres*** : soldats chargés des canons. Ils étaient vêtus de gris.

6. ***Dragon*** : soldat de la Cavalerie.

7. ***Lignards*** : nom populaire donné aux soldats de l'Infanterie destinés à combattre en ligne.

Des légions de francs-tireurs[1] aux appellations héroïques : « les Vengeurs de la Défaite – les Citoyens de la Tombe – les Partageurs de la Mort » passaient à leur tour, avec des airs de bandits.

Leurs chefs, anciens commerçants en draps[2] ou en graines, ex-marchands de suif[3] ou de savon, guerriers de circonstance, nommés officiers pour leurs écus ou la longueur de leurs moustaches, couverts d'armes, de flanelle[4] et de galons, parlaient d'une voix retentissante, discutaient plans de campagne, et prétendaient soutenir seuls la France agonisante sur leurs épaules de fanfarons[5] ; mais ils redoutaient parfois leurs propres soldats, gens de sac et de corde[6], souvent braves à outrance, pillards et débauchés.

Les Prussiens allaient entrer dans Rouen, disait-on.

La Garde nationale[7] qui, depuis deux mois, faisait des reconnaissances très prudentes dans les bois voisins, fusillant parfois ses propres sentinelles, et se préparant au combat quand un petit lapin remuait sous des broussailles, était rentrée dans ses foyers. Ses armes, ses uniformes, tout son attirail meurtrier, dont elle épouvantait naguère les bornes des routes nationales à trois lieues à la ronde, avaient subitement disparu.

Les derniers soldats français venaient enfin de traverser la Seine pour gagner Pont-Audemer par Saint-Sever et Bourg-Achard ; et, marchant après tous, le général désespéré, ne pouvant rien tenter avec ces loques disparates, éperdu lui-même dans la grande

1. ***Francs-tireurs*** : combattants qui n'appartiennent pas à une armée régulière. Leurs manœuvres imprévisibles les rendaient redoutables pour l'ennemi.
2. ***Draps*** : tissus de laine feutrée.
3. ***Suif*** : graisse animale.
4. ***Flanelle*** : étoffe de laine douce et légère.
5. ***Fanfarons*** : vantards.
6. ***Gens de sac et de corde*** : par allusion au sac dans lequel on enfermait certains malfaiteurs, et à la corde par laquelle on les pendait ; scélérats, hommes malhonnêtes.
7. ***Garde nationale*** : elle était composée de civils pouvant payer leur équipement. Son efficacité était limitée.

débâcle[1] d'un peuple habitué à vaincre et désastreusement battu malgré sa bravoure légendaire, s'en allait à pied, entre deux officiers d'ordonnance.

Puis un calme profond, une attente épouvantée et silencieuse avaient plané sur la cité. Beaucoup de bourgeois bedonnants[2], émasculés[3] par le commerce, attendaient anxieusement les vainqueurs, tremblant qu'on ne considérât comme une arme leurs broches à rôtir ou leurs grands couteaux de cuisine.

La vie semblait arrêtée ; les boutiques étaient closes, la rue muette. Quelquefois un habitant, intimidé par ce silence, filait rapidement le long des murs.

L'angoisse de l'attente faisait désirer la venue de l'ennemi.

Dans l'après-midi du jour qui suivit le départ des troupes françaises, quelques uhlans[4], sortis on ne sait d'où, traversèrent la ville avec célérité[5]. Puis, un peu plus tard, une masse noire descendit de la côte Sainte-Catherine, tandis que deux autres flots envahisseurs apparaissaient par les routes de Darnetal et de Boisguillaume. Les avant-gardes des trois corps, juste au même moment, se joignirent sur la place de l'Hôtel-de-Ville ; et, par toutes les rues voisines, l'armée allemande arrivait, déroulant ses bataillons qui faisaient sonner les pavés sous leur pas dur et rythmé.

Des commandements criés d'une voix inconnue et gutturale[6] montaient le long des maisons qui semblaient mortes et désertes, tandis que, derrière les volets fermés, des yeux guettaient ces hommes victorieux, maîtres de la cité, des fortunes et des vies, de par le « droit de guerre ». Les habitants, dans leurs chambres assombries, avaient l'affolement que donnent les cataclysmes, les grands bouleversements meurtriers de la terre, contre lesquels

1. ***Débâcle*** : déroute, désastre militaire.
2. ***Bedonnants*** (terme familier) : qui a un gros ventre.
3. ***Émasculés*** : au sens figuré, privés de leur caractère viril, de leur courage.
4. ***Uhlans*** (mot allemand issu du polonais) : soldats.
5. ***Célérité*** : rapidité.
6. ***Gutturale*** : qui vient de la gorge.

toute sagesse et toute force sont inutiles. Car la même sensation reparaît chaque fois que l'ordre établi des choses est renversé, que la sécurité n'existe plus, que tout ce que protégeaient les lois des hommes ou celles de la nature, se trouve à la merci d'une brutalité inconsciente et féroce. Le tremblement de terre écrasant sous des maisons croulantes un peuple entier ; le fleuve débordé qui roule les paysans noyés avec les cadavres des bœufs et les poutres arrachées aux toits, ou l'armée glorieuse massacrant ceux qui se défendent, emmenait les autres prisonniers, pillant au nom du Sabre et remerciant un Dieu au son du canon, sont autant de fléaux effrayants qui déconcertent toute croyance à la justice éternelle, toute la confiance qu'on nous enseigne en la protection du ciel et en la raison de l'homme.

Mais à chaque porte des petits détachements [1] frappaient, puis disparaissaient dans les maisons. C'était l'occupation après l'invasion. Le devoir commençait pour les vaincus de se montrer gracieux envers les vainqueurs.

Au bout de quelque temps, une fois la première terreur disparue, un calme nouveau s'établit. Dans beaucoup de familles, l'officier prussien mangeait à table. Il était parfois bien élevé, et, par politesse, plaignait la France, disait sa répugnance en prenant part à cette guerre. On lui était reconnaissant de ce sentiment ; puis on pouvait, un jour ou l'autre, avoir besoin de sa protection. En le ménageant on obtiendrait peut-être quelques hommes de moins à nourrir. Et pourquoi blesser quelqu'un dont on dépendait tout à fait ? Agir ainsi serait moins de la bravoure que de la témérité. – Et la témérité n'est plus un défaut des bourgeois de Rouen, comme au temps des défenses héroïques où s'illustra leur cité. – On se disait enfin, raison suprême tirée de l'urbanité [2] française, qu'il demeurait bien permis d'être poli dans son intérieur pourvu qu'on ne se montrât pas familier, en public, avec le soldat étranger. Au-dehors

1. ***Détachements*** : petits groupes de soldats.
2. ***Urbanité*** : politesse, affabilité.

on ne se connaissait plus, mais dans la maison on causait volontiers, et l'Allemand demeurait plus longtemps, chaque soir, à se chauffer au foyer commun.

La ville même reprenait peu à peu de son aspect ordinaire. Les Français ne sortaient guère encore, mais les soldats prussiens grouillaient dans les rues. Du reste, les officiers de hussards bleus [1], qui traînaient avec arrogance leurs grands outils de mort sur le pavé, ne semblaient pas avoir pour les simples citoyens énormément plus de mépris que les officiers de chasseurs [2], qui, l'année d'avant, buvaient aux mêmes cafés.

Il y avait cependant quelque chose dans l'air, quelque chose de subtil et d'inconnu, une atmosphère étrangère intolérable, comme une odeur répandue, l'odeur de l'invasion. Elle emplissait les demeures et les places publiques, changeait le goût des aliments, donnait l'impression d'être en voyage, très loin, chez des tribus barbares et dangereuses.

Les vainqueurs exigeaient de l'argent, beaucoup d'argent. Les habitants payaient toujours ; ils étaient riches d'ailleurs. Mais plus un négociant normand devient opulent [3] et plus il souffre de tout sacrifice, de toute parcelle de sa fortune qu'il voit passer aux mains d'un autre.

Cependant, à deux ou trois lieues sous la ville, en suivant le cours de la rivière, vers Croisset, Dieppedalle ou Biessart, les mariniers et les pêcheurs ramenaient souvent du fond de l'eau quelque cadavre d'Allemand gonflé dans son uniforme, tué d'un coup de couteau ou de savate, la tête écrasée par une pierre, ou jeté à l'eau d'une poussée du haut d'un pont. Les vases du fleuve ensevelissaient ces vengeances obscures, sauvages et légitimes, héroïsmes inconnus, attaques muettes, plus périlleuses que les batailles au grand jour et sans le retentissement de la gloire.

---

1. ***Hussards bleus*** : soldats de la cavalerie prussienne.
2. ***Officiers de chasseurs*** : officiers appartenant à la cavalerie ou à l'infanterie française.
3. ***Opulent*** : très riche.

Car la haine de l'étranger arme toujours quelques intrépides prêts à mourir pour une Idée.

Enfin, comme les envahisseurs, bien qu'assujettissant la ville à leur inflexible discipline, n'avaient accompli aucune des horreurs que la renommée leur faisait commettre tout le long de leur marche triomphale, on s'enhardit, et le besoin du négoce[1] travailla de nouveau le cœur des commerçants du pays. Quelques-uns avaient de gros intérêts engagés au Havre que l'armée française occupait, et ils voulurent tenter de gagner ce port en allant par terre à Dieppe où ils s'embarqueraient.

On employa l'influence des officiers allemands dont on avait fait la connaissance, et une autorisation de départ fut obtenue du général en chef.

Donc, une grande diligence à quatre chevaux ayant été retenue pour ce voyage, et dix personnes s'étant fait inscrire chez le voiturier, on résolut de partir un mardi matin, avant le jour, pour éviter tout rassemblement.

Depuis quelque temps déjà la gelée avait durci la terre, et le lundi, vers trois heures, de gros nuages noirs venant du nord apportèrent la neige qui tomba sans interruption pendant toute la soirée et toute la nuit.

À quatre heures et demie du matin, les voyageurs se réunirent dans la cour de l'hôtel de Normandie, où l'on devait monter en voiture.

Ils étaient encore pleins de sommeil, et grelottaient de froid sous leurs couvertures. On se voyait mal dans l'obscurité ; et l'entassement des lourds vêtements d'hiver faisait ressembler tous ces corps à des curés obèses avec leurs longues soutanes. Mais deux hommes se reconnurent, un troisième les aborda, ils causèrent : « J'emmène ma femme, dit l'un. – J'en fais autant. – Et moi aussi. » Le premier ajouta : « Nous ne reviendrons pas à Rouen, et si les Prussiens approchent du Havre nous gagnerons

1. ***Négoce*** : commerce.

l'Angleterre. » Tous avaient les mêmes projets, étant de complexion[1] semblable.

Cependant on n'attelait pas la voiture. Une petite lanterne, que portait un valet d'écurie, sortait de temps à autre d'une porte obscure pour disparaître immédiatement dans une autre. Des pieds de chevaux frappaient la terre, amortis par le fumier des litières, et une voix d'homme parlant aux bêtes et jurant s'entendait au fond du bâtiment. Un léger murmure de grelots annonça qu'on maniait les harnais ; ce murmure devint bientôt un frémissement clair et continu rythmé par le mouvement de l'animal, s'arrêtant parfois, puis reprenant dans une brusque secousse qu'accompagnait le bruit mat d'un sabot ferré battant le sol.

La porte subitement se ferma. Tout bruit cessa. Les bourgeois, gelés, s'étaient tus : ils demeuraient immobiles et roidis.

Un rideau de flocons blancs ininterrompu miroitait sans cesse en descendant vers la terre ; il effaçait les formes, poudrait les choses d'une mousse de glace ; et l'on n'entendait plus, dans le grand silence de la ville calme et ensevelie sous l'hiver, que ce froissement vague, innommable et flottant de la neige qui tombe, plutôt sensation que bruit, entremêlement d'atomes légers qui semblaient emplir l'espace, couvrir le monde.

L'homme reparut, avec sa lanterne, tirant au bout d'une corde un cheval triste qui ne venait pas volontiers. Il le plaça contre le timon[2], attacha les traits[3], tourna longtemps autour pour assurer les harnais, car il ne pouvait se servir que d'une main, l'autre portant sa lumière. Comme il allait chercher la seconde bête, il remarqua tous ces voyageurs immobiles, déjà blancs de neige, et leur dit : « Pourquoi ne montez-vous pas dans la voiture ? vous serez à l'abri, au moins. »

---

1. ***Complexion*** : nature, caractère.
2. ***Timon*** : longue pièce de bois placée à l'avant d'une voiture, de chaque côté de laquelle sont attelées les bêtes.
3. ***Traits*** : cordes servant à tirer une voiture.

Ils n'y avaient pas songé, sans doute, et ils se précipitèrent. Les trois hommes installèrent leurs femmes dans le fond, montèrent ensuite ; puis les autres formes indécises et voilées prirent à leur tour les dernières places sans échanger une parole.

Le plancher était couvert de paille où les pieds s'enfoncèrent. Les dames du fond, ayant apporté des petites chaufferettes [1] en cuivre avec un charbon chimique, allumèrent ces appareils, et, pendant quelque temps, à voix basse, elles en énumérèrent les avantages, se répétant des choses qu'elles savaient déjà depuis longtemps.

Enfin, la diligence étant attelée, avec six chevaux au lieu de quatre à cause du tirage plus pénible, une voix du dehors demanda : « Tout le monde est-il monté ? » Une voix du dedans répondit : « Oui. » – On partit.

La voiture avançait lentement, lentement, à tout petits pas. Les roues s'enfonçaient dans la neige ; le coffre entier geignait avec des craquements sourds ; les bêtes glissaient, soufflaient, fumaient et le fouet gigantesque du cocher claquait sans repos, voltigeait de tous les côtés, se nouant et se déroulant comme un serpent mince, et cinglant brusquement quelque croupe rebondie qui se tendait alors sous un effort plus violent.

Mais le jour imperceptiblement grandissait. Ces flocons légers qu'un voyageur, Rouennais pur-sang, avait comparés à une pluie de coton, ne tombaient plus. Une lueur sale filtrait à travers de gros nuages obscurs et lourds qui rendaient plus éclatante la blancheur de la campagne où apparaissaient tantôt une ligne de grands arbres vêtus de givre, tantôt une chaumière avec un capuchon de neige.

Dans la voiture, on se regardait curieusement, à la triste clarté de cette aurore.

Tout au fond, aux meilleures places, sommeillaient, en face l'un de l'autre, M. et Mme Loiseau, des marchands de vins en gros de la rue Grand-Pont [2].

---

1. ***Chaufferettes*** : boîtes dont le couvercle est percé de trous et dans lesquelles on place des braises ou de la cendre chaude pour se chauffer les pieds.
2. ***Rue Grand-Pont*** : elle était bordée de commerces de luxe.

Ancien commis d'un patron ruiné dans les affaires, Loiseau avait acheté le fonds [1] et fait fortune. Il vendait à très bon marché de très mauvais vins aux petits débitants des campagnes et passait parmi ses connaissances et ses amis pour un fripon madré [2], un vrai Normand plein de ruses et de jovialité.

Sa réputation de filou était si bien établie, qu'un soir à la préfecture, M. Tournel, auteur de fables et de chansons, esprit mordant et fin, une gloire locale, ayant proposé aux dames qu'il voyait un peu somnolentes de faire une partie de « Loiseau vole [3] », le mot lui-même vola à travers les salons du préfet, puis, gagnant ceux de la ville, avait fait rire pendant un mois toutes les mâchoires de la province.

Loiseau était en outre célèbre par ses farces de toute nature, ses plaisanteries bonnes ou mauvaises ; et personne ne pouvait parler de lui sans ajouter immédiatement : « Il est impayable, ce Loiseau. »

De taille exiguë, il présentait un ventre en ballon surmonté d'une face rougeaude entre deux favoris [4] grisonnants.

Sa femme, grande, forte, résolue, avec la voix haute et la décision rapide, était l'ordre et l'arithmétique de la maison de commerce, qu'il animait par son activité joyeuse.

À côté d'eux se tenait, plus digne, appartenant à une caste [5] supérieure, M. Carré-Lamadon, homme considérable, posé dans les cotons, propriétaire de trois filatures, officier de la Légion d'honneur et membre du Conseil général. Il était resté, tout le temps de l'Empire [6], chef de l'opposition bienveillante, uniquement pour se faire payer plus cher son ralliement à la cause qu'il combattait avec des armes courtoises, selon sa propre expression. Mme Carré-Lamadon, beaucoup plus jeune que son mari,

---

1. ***Fonds*** : commerce.
2. ***Madré*** : malin, rusé.
3. ***Loiseau vole*** : allusion au jeu enfantin « Pigeon vole ».
4. ***Favoris*** : touffes de barbe qu'on laisse pousser sur chaque joue.
5. ***Caste*** : groupe social fermé.
6. ***Empire*** : second Empire (voir chronologie).

demeurait la consolation des officiers de bonne famille envoyés à Rouen en garnison.

Elle faisait vis-à-vis à son époux, toute mignonne, toute jolie, pelotonnée dans ses fourrures, et regardait d'un air navré l'intérieur lamentable de la voiture.

Ses voisins, le comte et la comtesse Hubert de Bréville, portaient un des noms les plus anciens et les plus nobles de la Normandie. Le comte, vieux gentilhomme de grande tournure[1], s'efforçait d'accentuer, par les artifices[2] de sa toilette, sa ressemblance naturelle avec le roi Henri IV, qui, suivant une légende glorieuse pour la famille, avait rendu grosse[3] une dame de Bréville, dont le mari, pour ce fait, était devenu comte et gouverneur de province.

Collègue de M. Carré-Lamadon au Conseil général, le comte Hubert représentait le parti orléaniste[4] dans le département. L'histoire de son mariage avec la fille d'un petit armateur de Nantes était toujours demeurée mystérieuse. Mais comme la comtesse avait grand air, recevait mieux que personne, passait même pour avoir été aimée par un des fils de Louis-Philippe[5], toute la noblesse lui faisait fête, et son salon demeurait le premier du pays, le seul où se conservât la vieille galanterie, et dont l'entrée fût difficile.

La fortune des Bréville, toute en biens-fonds[6], atteignait, disait-on, cinq cent mille livres de revenu.

---

1. ***Tournure*** : allure, maintien.
2. ***Artifices*** : vêtements, accessoires portés par le comte pour produire un effet de ressemblance avec le roi.
3. ***Grosse*** : enceinte.
4. ***Parti orléaniste*** : royalistes qui soutiennent la maison d'Orléans, c'est-à-dire le comte de Paris, petit-fils de Louis-Philippe issu de la branche cadette de la famille Bourbon ; d'autres royalistes, les légitimistes, soutiennent le comte de Chambord, petit-fils de Charles X, issu de la branche aînée de la famille Bourbon.
5. ***Louis-Philippe*** : roi de France de 1830 à 1848 (c'est-à-dire pendant la monarchie de Juillet).
6. ***Biens-fonds*** : terres ou biens immobiliers.

Ces six personnes formaient le fond de la voiture, le côté de la société rentée[1], sereine et forte, des honnêtes gens autorisés[2] qui ont de la religion et des principes.

Par un hasard étrange, toutes les femmes se trouvaient sur le même banc; et la comtesse avait encore pour voisines deux bonnes sœurs qui égrenaient de longs chapelets en marmottant des *Pater* et des *Ave*[3]. L'une était vieille avec une face défoncée par la petite vérole[4] comme si elle eût reçu à bout portant une bordée de mitraille[5] en pleine figure. L'autre, très chétive, avait une tête jolie et maladive sur une poitrine de phtisique[6] rongée par cette foi dévorante qui fait les martyrs et les illuminés[7].

En face des deux religieuses, un homme et une femme attiraient les regards de tous.

L'homme, bien connu, était Cornudet, le démoc[8], la terreur des gens respectables. Depuis vingt ans, il trempait sa barbe rousse dans les bocks[9] de tous les cafés démocratiques. Il avait mangé avec les frères et amis une assez belle fortune qu'il tenait de son père, ancien confiseur, et il attendait impatiemment la République pour obtenir enfin la place méritée par tant de consommations révolutionnaires. Au quatre septembre[10], par suite d'une farce peut-être, il s'était cru nommé préfet; mais quand il voulut entrer en fonction, les garçons de bureau, demeurés seuls maîtres de la

---

1. ***Rentée***: qui vit de ses rentes, de son capital.
2. ***Autorisés***: qui jouissent d'une grande autorité.
3. ***Pater*** et ***Ave***: premiers mots latins des deux principales prières catholiques: «Notre Père...» et «Je vous salue, Marie...»
4. ***Petite vérole***: variole, maladie qui laisse des cicatrices sur la peau.
5. ***Bordée de mitraille***: décharge simultanée des canons d'artillerie.
6. ***Phtisique***: tuberculeuse.
7. ***Illuminés***: membres de sectes croyant à l'illumination intérieure de l'âme par Dieu.
8. ***Démoc***: abréviation de démocrate.
9. ***Bocks***: verres de bière.
10. ***Quatre septembre***: Gambetta proclame la fin du second Empire et le début de la IIIe République (1870).

place, refusèrent de le reconnaître, ce qui le contraignit à la retraite. Fort bon garçon du reste, inoffensif et serviable, il s'était occupé avec une ardeur incomparable d'organiser la défense. Il avait fait creuser des trous dans les plaines, coucher tous les jeunes arbres des forêts voisines, semé des pièges sur toutes les routes, et, à l'approche de l'ennemi, satisfait de ses préparatifs, il s'était vivement replié vers la ville. Il pensait maintenant se rendre plus utile au Havre, où de nouveaux retranchements allaient être nécessaires.

La femme, une de celles appelées galantes[1], était célèbre par son embonpoint précoce qui lui avait valu le surnom de Boule de suif. Petite, ronde de partout, grasse à lard, avec des doigts bouffis, étranglés aux phalanges, pareils à des chapelets de courtes saucisses, avec une peau luisante et tendue, une gorge énorme qui saillait sous sa robe, elle restait cependant appétissante et courue[2], tant sa fraîcheur faisait plaisir à voir. Sa figure était une pomme rouge, un bouton de pivoine prêt à fleurir; et là-dedans s'ouvraient, en haut, deux yeux noirs magnifiques, ombragés de grands cils épais qui mettaient une ombre dedans; en bas, une bouche charmante, étroite, humide pour le baiser, meublée de quenottes[3] luisantes et microscopiques.

Elle était de plus, disait-on, pleine de qualités inappréciables.

Aussitôt qu'elle fut reconnue, des chuchotements coururent parmi les femmes honnêtes, et les mots de « prostituée », de « honte publique » furent chuchotés si haut qu'elle leva la tête. Alors elle promena sur ses voisins un regard tellement provocant et hardi qu'un grand silence aussitôt régna, et tout le monde baissa les yeux à l'exception de Loiseau, qui la guettait d'un air émoustillé[4].

---

1. ***Galantes*** : femmes de mœurs légères.
2. ***Courue*** : recherchée.
3. ***Quenottes*** (familier) : petites dents de l'enfant.
4. ***Émoustillé*** : excité et gai.

Mais bientôt la conversation reprit entre les trois dame la présence de cette fille avait rendues subitement amies, pr intimes. Elles devaient faire, leur semblait-il, comme un faisc de leurs dignités d'épouses en face de cette vendue sans vergogne[2] ; car l'amour légal le prend toujours de haut avec son libre confrère.

Les trois hommes aussi, rapprochés par un instinct de conservateurs[3] à l'aspect de Cornudet, parlaient argent d'un certain ton dédaigneux pour les pauvres. Le comte Hubert disait les dégâts que lui avaient fait subir les Prussiens, les pertes qui résulteraient du bétail volé et des récoltes perdues, avec une assurance de grand seigneur dix fois millionnaire que ces ravages gêneraient à peine une année. M. Carré-Lamadon, fort éprouvé dans l'industrie cotonnière, avait eu soin d'envoyer six cent mille francs en Angleterre, une poire pour la soif qu'il se ménageait à toute occasion. Quant à Loiseau, il s'était arrangé pour vendre à l'Intendance[4] française tous les vins communs qui lui restaient en cave, de sorte que l'État lui devait une somme formidable qu'il comptait bien toucher au Havre.

Et tous les trois se jetaient des coups d'œil rapides et amicaux. Bien que de conditions différentes, ils se sentaient frères par l'argent, de la grande franc-maçonnerie[5] de ceux qui possèdent, qui font sonner de l'or en mettant la main dans la poche de leur culotte.

La voiture allait si lentement qu'à dix heures du matin on n'avait pas fait quatre lieues[6]. Les hommes descendirent trois

---

1. ***Faisceau*** (vocabulaire militaire) : assemblage d'armes qui se soutiennent entre elles.

2. ***Vendue sans vergogne*** : femme qui vend ses charmes sans scrupules.

3. ***Conservateurs*** : personnes qui veulent conserver l'ordre établi sur le plan politique et social.

4. ***Intendance*** : service des armées chargé de l'administration, du ravitaillement et de l'entretien des troupes.

5. ***Franc-maçonnerie*** : ici, alliance entre personnes dont les intérêts sont identiques.

6. ***Lieue*** : une lieue équivaut à quatre kilomètres environ.

fois pour monter des côtes à pied. On commençait à s'inquiéter, car on devait déjeuner à Tôtes et l'on désespérait maintenant d'y parvenir avant la nuit. Chacun guettait pour apercevoir un cabaret sur la route, quand la diligence sombra dans un amoncellement de neige, et il fallut deux heures pour la dégager.

L'appétit grandissait, troublait les esprits ; et aucune gargote [1], aucun marchand de vin ne se montraient, l'approche des Prussiens et le passage des troupes françaises affamées ayant effrayé toutes les industries.

Les messieurs coururent aux provisions dans les fermes au bord du chemin, mais ils n'y trouvèrent pas même de pain, car le paysan, défiant, cachait ses réserves dans la crainte d'être pillé par les soldats qui, n'ayant rien à se mettre sous la dent, prenaient par force ce qu'ils découvraient.

Vers une heure de l'après-midi, Loiseau annonça que décidément il se sentait un rude creux dans l'estomac. Tout le monde souffrait comme lui depuis longtemps ; et le violent besoin de manger, augmentant toujours, avait tué les conversations.

De temps en temps, quelqu'un bâillait ; un autre presque aussitôt l'imitait ; et chacun, à tour de rôle, suivant son caractère, son savoir-vivre et sa position sociale, ouvrait la bouche avec fracas ou modestement en portant vite sa main devant le trou béant d'où sortait une vapeur.

Boule de suif, à plusieurs reprises, se pencha comme si elle cherchait quelque chose sous ses jupons. Elle hésitait une seconde, regardait ses voisins, puis se redressait tranquillement. Les figures étaient pâles et crispées. Loiseau affirma qu'il payerait mille francs un jambonneau. Sa femme fit un geste comme pour protester ; puis elle se calma. Elle souffrait toujours en entendant parler d'argent gaspillé, et ne comprenait même pas les plaisanteries sur ce sujet. « Le fait est que je ne me sens pas bien, dit le comte ; comment

---

1. ***Gargote*** (terme péjoratif) : restaurant bon marché où la cuisine est de mauvaise qualité.

n'ai-je pas songé à apporter des provisions ? » Chacun se faisait le même reproche.

Cependant, Cornudet avait une gourde pleine de rhum ; il en offrit : on refusa froidement. Loiseau seul en accepta deux gouttes, et, lorsqu'il rendit la gourde, il remercia : « C'est bon tout de même, ça réchauffe, et ça trompe l'appétit. » L'alcool le mit en belle humeur et il proposa de faire comme sur le petit navire de la chanson[1] : de manger le plus gras des voyageurs. Cette allusion indirecte à Boule de suif choqua les gens bien élevés. On ne répondit pas ; Cornudet seul eut un sourire. Les deux bonnes sœurs avaient cessé de marmotter leur rosaire[2], et, les mains enfoncées dans leurs grandes manches, elles se tenaient immobiles, baissant obstinément les yeux, offrant sans doute au ciel la souffrance qu'il leur envoyait.

Enfin, à trois heures, comme on se trouvait au milieu d'une plaine interminable, sans un seul village en vue, Boule de suif, se baissant vivement, retira de sous la banquette un large panier couvert d'une serviette blanche.

Elle en sortit d'abord une petite assiette de faïence, une fine timbale en argent, puis une vaste terrine dans laquelle deux poulets entiers, tout découpés, avaient confit sous leur gelée ; et l'on apercevait encore dans le panier d'autres bonnes choses enveloppées, des pâtés, des fruits, des friandises, les provisions préparées pour un voyage de trois jours, afin de ne point toucher à la cuisine des auberges. Quatre goulots de bouteilles passaient entre les paquets de nourriture. Elle prit une aile de poulet et, délicatement, se mit à la manger avec un de ces petits pains qu'on appelle « Régence » en Normandie.

---

1. ***Petit navire de la chanson*** : allusion à la chanson « Il était un petit navire » : les marins affamés tirent à la courte paille celui d'entre eux qui sera mangé.

2. ***Rosaire*** : prières (quinze dizaines d'*Ave* précédées d'un *Pater*) que l'on récite en égrenant les boules d'un chapelet.

Tous les regards étaient tendus vers elle. Puis l'odeur se répandit, élargissant les narines, faisant venir aux bouches une salive abondante avec une contraction douloureuse de la mâchoire sous les oreilles. Le mépris des dames pour cette fille devenait féroce, comme une envie de la tuer ou de la jeter en bas de la voiture, dans la neige, elle, sa timbale, son panier et ses provisions.

Mais Loiseau dévorait des yeux la terrine de poulet. Il dit : « À la bonne heure, Madame a eu plus de précaution que nous. Il y a des personnes qui savent toujours penser à tout. » Elle leva la tête vers lui : « Si vous en désirez, Monsieur ? C'est dur de jeûner depuis le matin. » Il salua : « Ma foi, franchement, je ne refuse pas, je n'en peux plus. À la guerre comme à la guerre, n'est-ce pas, Madame ? » Et, jetant un regard circulaire, il ajouta : « Dans des moments comme celui-là, on est bien aise de trouver des gens qui vous obligent [1]. » Il avait un journal, qu'il étendit pour ne point tacher son pantalon, et sur la pointe d'un couteau toujours logé dans sa poche, il enleva une cuisse toute vernie de gelée, la dépeça des dents, puis la mâcha avec une satisfaction si évidente qu'il y eut dans la voiture un grand soupir de détresse.

Mais Boule de suif, d'une voix humble et douce, proposa aux bonnes sœurs de partager sa collation [2]. Elles acceptèrent toutes les deux instantanément, et, sans lever les yeux, se mirent à manger très vite après avoir balbutié des remerciements. Cornudet ne refusa pas non plus les offres de sa voisine, et l'on forma avec les religieuses une sorte de table en développant des journaux sur les genoux.

Les bouches s'ouvraient et se fermaient sans cesse, avalaient, mastiquaient, engloutissaient férocement. Loiseau, dans son coin, travaillait dur, et, à voix basse, il engageait sa femme à l'imiter. Elle résista longtemps, puis, après une crispation qui lui parcourut les entrailles, elle céda. Alors son mari, arrondissant sa phrase [3],

---

1. ***Qui vous obligent*** : qui vous rendent service.
2. ***Collation*** : repas léger.
3. ***Arrondissant sa phrase*** : la rendant agréable et aimable.

demanda à leur « charmante compagne » si elle lui permettait d'offrir un petit morceau à Mme Loiseau. Elle dit : « Mais oui, certainement, Monsieur », avec un sourire aimable, et tendit la terrine.

Un embarras se produisit lorsqu'on eut débouché la première bouteille de bordeaux : il n'y avait qu'une timbale. On se la passa après l'avoir essuyée. Cornudet seul, par galanterie sans doute, posa ses lèvres à la place humide encore des lèvres de sa voisine.

Alors, entourés de gens qui mangeaient, suffoqués par les émanations [1] des nourritures, le comte et la comtesse de Bréville, ainsi que M. et Mme Carré-Lamadon souffrirent ce supplice odieux qui a gardé le nom de Tantale [2]. Tout d'un coup la jeune femme du manufacturier poussa un soupir qui fit retourner les têtes ; elle était aussi blanche que la neige du dehors ; ses yeux se fermèrent, son front tomba : elle avait perdu connaissance. Son mari, affolé, implorait le secours de tout le monde. Chacun perdait l'esprit, quand la plus âgée des bonnes sœurs, soutenant la tête de la malade, glissa entre ses lèvres la timbale de Boule de suif et lui fit avaler quelques gouttes de vin. La jolie dame remua, ouvrit les yeux, sourit et déclara d'une voix mourante qu'elle se sentait fort bien maintenant. Mais, afin que cela ne se renouvelât plus, la religieuse la contraignit à boire un plein verre de bordeaux, et elle ajouta : « C'est la faim, pas autre chose. »

Alors Boule de suif, rougissante et embarrassée, balbutia en regardant les quatre voyageurs restés à jeun : « Mon Dieu, si j'osais offrir à ces messieurs et à ces dames… » Elle se tut, craignant un outrage. Loiseau prit la parole : « Eh, parbleu, dans des cas pareils tout le monde est frère et doit s'aider. Allons, Mesdames, pas de cérémonie, acceptez, que diable ! Savons-nous si nous trouverons

---

1. ***Émanations*** : odeurs.
2. ***Supplice de Tantale*** : Tantale est un personnage de la mythologie grecque. En punition de ses crimes, il fut plongé dans l'eau jusqu'au cou mais le niveau baissait chaque fois qu'il essayait de boire et une branche chargée de fruits s'éloignait lorsqu'il s'en approchait.

seulement une maison où passer la nuit ? Du train dont nous allons, nous ne serons pas à Tôtes avant demain midi. » On hésitait, personne n'osant assumer la responsabilité du « oui ». Mais le comte trancha la question. Il se tourna vers la grosse fille intimidée, et, prenant son grand air de gentilhomme, il lui dit : « Nous acceptons avec reconnaissance, Madame. »

Le premier pas seul coûtait. Une fois le Rubicon passé[1], on s'en donna[2] carrément. Le panier fut vidé. Il contenait encore un pâté de foie gras, un pâté de mauviettes[3], un morceau de langue fumée, des poires de Crassane, un pavé de Pont-l'Évêque, des petits-fours et une tasse pleine de cornichons et d'oignons au vinaigre, Boule de suif, comme toutes les femmes, adorant les crudités.

On ne pouvait manger les provisions de cette fille sans lui parler. Donc on causa, avec réserve d'abord, puis, comme elle se tenait fort bien, on s'abandonna davantage. Mmes de Bréville et Carré-Lamadon, qui avaient un grand savoir-vivre, se firent gracieuses avec délicatesse. La comtesse surtout montra cette condescendance[4] aimable des très nobles dames qu'aucun contact ne peut salir, et fut charmante. Mais la forte Mme Loiseau, qui avait une âme de gendarme, resta revêche[5], parlant peu et mangeant beaucoup.

On s'entretint de la guerre, naturellement. On raconta des faits horribles des Prussiens, des traits de bravoure des Français ; et tous ces gens qui fuyaient rendirent hommage au courage des

1. ***Une fois le Rubicon passé*** : le Rubicon était un fleuve marquant la frontière entre la Gaule cisalpine gouvernée par César et l'Italie ; César le franchit avec son armée alors qu'une loi interdisait à un général romain d'entrer sur le sol romain en armes. C'est à cette occasion que César s'exclama : *Alea jacta est* (« le sort en est jeté »). Passer le Rubicon signifie donc franchir une limite, prendre une décision difficile et audacieuse.

2. ***On s'en donna*** (familier) : on donna libre cours à son appétit.

3. ***Mauviettes*** : alouettes quand elles sont bonnes à manger.

4. ***Condescendance*** : politesse bienveillante mêlée de mépris.

5. ***Revêche*** : d'humeur difficile et désagréable.

autres. Les histoires personnelles commencèrent bientôt, et Boule de suif raconta, avec une émotion vraie, avec cette chaleur de parole qu'ont parfois les filles [1] pour exprimer leurs emportements naturels, comment elle avait quitté Rouen : « J'ai cru d'abord que je pourrais rester, disait-elle. J'avais ma maison pleine de provisions, et j'aimais mieux nourrir quelques soldats que m'expatrier je ne sais où. Mais quand je les ai vus, ces Prussiens, ce fut plus fort que moi ! Ils m'ont tourné le sang de colère ; et j'ai pleuré de honte toute la journée. Oh ! si j'étais un homme, allez ! Je les regardais de ma fenêtre, ces gros porcs avec leur casque à pointe, et ma bonne me tenait les mains pour m'empêcher de leur jeter mon mobilier sur le dos. Puis il en est venu pour loger chez moi ; alors j'ai sauté à la gorge du premier. Ils ne sont pas plus difficiles à étrangler que d'autres ! Et je l'aurais terminé, celui-là, si l'on ne m'avait pas tirée par les cheveux. Il a fallu me cacher après ça. Enfin, quand j'ai trouvé une occasion, je suis partie, et me voici. »

On la félicita beaucoup. Elle grandissait dans l'estime de ses compagnons qui ne s'étaient pas montrés si crânes [2] ; et Cornudet, en l'écoutant, gardait un sourire approbateur et bienveillant d'apôtre [3] ; de même un prêtre entend un dévot louer Dieu, car les démocrates à longue barbe ont le monopole du patriotisme comme les hommes en soutane ont celui de la religion. Il parla à son tour d'un ton doctrinaire, avec l'emphase [4] apprise dans les proclamations qu'on collait chaque jour aux murs, et il finit par un morceau d'éloquence où il étrillait magistralement cette « crapule de Badinguet [5] ».

---

1. ***Filles*** : ici, les filles de joie, c'est-à-dire les prostituées.
2. ***Crânes*** : courageux, braves.
3. ***Apôtre*** : au sens propre disciple de Jésus qui répand l'Évangile ; ici, au sens figuré Cornudet est le défenseur du patriotisme, nouvel Évangile.
4. ***Emphase*** (péjoratif) : avec un ton exagérément grave.
5. ***Badinguet*** : surnom donné à Napoléon III par ses adversaires, qu'il doit au maçon qui lui avait prêté ses vêtements afin qu'il s'évade du fort de Ham en 1846.

Mais Boule de suif aussitôt se fâcha, car elle était bonapartiste[1]. Elle devenait plus rouge qu'une guigne[2], et, bégayant d'indignation : « J'aurais bien voulu vous voir à sa place, vous autres. Ça aurait été du propre, ah oui ! C'est vous qui l'avez trahi, cet homme ! On n'aurait plus qu'à quitter la France si l'on était gouverné par des polissons comme vous ! » Cornudet, impassible, gardait un sourire dédaigneux et supérieur ; mais on sentait que les gros mots allaient arriver quand le comte s'interposa et calma, non sans peine, la fille exaspérée, en proclamant avec autorité que toutes les opinions sincères étaient respectables. Cependant la comtesse et la manufacturière, qui avaient dans l'âme la haine irraisonnée des gens comme il faut pour la République, et cette instinctive tendresse que nourrissent toutes les femmes pour les gouvernements à panache[3] et despotiques, se sentaient, malgré elles, attirées vers cette prostituée pleine de dignité, dont les sentiments ressemblaient si fort aux leurs.

Le panier était vide. À dix on l'avait tari sans peine, en regrettant qu'il ne fût pas plus grand. La conversation continua quelque temps, un peu refroidie néanmoins depuis qu'on avait fini de manger.

La nuit tombait, l'obscurité peu à peu devint profonde, et le froid, plus sensible pendant les digestions, faisait frissonner Boule de suif, malgré sa graisse. Alors Mme de Bréville lui proposa sa chaufferette dont le charbon, depuis le matin, avait été plusieurs fois renouvelé, et l'autre accepta tout de suite car elle se sentait les pieds gelés. Mme Carré-Lamadon et Loiseau donnèrent les leurs aux religieuses.

Le cocher avait allumé ses lanternes. Elles éclairaient d'une lueur vive un nuage de buée au-dessus de la croupe en sueur des

1. ***Bonapartiste*** : partisan de Louis-Napoléon Bonaparte qui devient Napoléon III après le coup d'État du 2 décembre 1851.

2. ***Guigne*** : cerise griotte à partir de laquelle on fabrique le guignolet.

3. ***Gouvernements à panache*** : le panache désigne les plumes qui ornent les casques de certains militaires ; les gouvernements à panache sont ceux soutenus par une forte présence de l'armée.

timoniers[1], et, des deux côtés de la route, la neige qui semblait se dérouler sous le reflet mobile des lumières.

On ne distinguait plus rien dans la voiture ; mais tout à coup un mouvement se fit entre Boule de suif et Cornudet ; et Loiseau, dont l'œil fouillait l'ombre, crut voir l'homme à la grande barbe s'écarter vivement comme s'il eût reçu quelque bon coup lancé sans bruit.

Des petits points de feu parurent en avant sur la route. C'était Tôtes. On avait marché onze heures, ce qui, avec les deux heures de repos laissées en quatre fois aux chevaux pour manger l'avoine et souffler, faisait quatorze[2]. On entra dans le bourg, et devant l'hôtel du Commerce on s'arrêta.

La portière s'ouvrit ! Un bruit bien connu fit tressaillir tous les voyageurs : c'étaient les heurts d'un fourreau de sabre sur le sol. Aussitôt la voix d'un Allemand cria quelque chose.

Bien que la diligence fût immobile, personne ne descendait, comme si l'on se fût attendu à être massacré à la sortie. Alors le conducteur apparut, tenant à la main une de ses lanternes, qui éclaira subitement jusqu'au fond de la voiture les deux rangs de têtes effarées, dont les bouches étaient ouvertes et les yeux écarquillés de surprise et d'épouvante.

À côté du cocher se tenait, en pleine lumière, un officier allemand, un grand jeune homme excessivement mince et blond, serré dans son uniforme comme une fille en son corset, et portant sur le côté sa casquette plate et cirée qui le faisait ressembler au chasseur[3] d'un hôtel anglais. Sa moustache démesurée, à longs poils droits, s'amincissant indéfiniment de chaque côté et terminée par un seul fil blond, si mince qu'on n'en apercevait pas la fin, semblait peser sur les coins de sa bouche, et, tirant la joue, imprimait aux lèvres un pli tombant.

---

1. ***Timoniers*** : chevaux attachés de chaque côté du timon.
2. ***Quatorze*** : inadvertance de Maupassant. Onze et deux font treize.
3. ***Chasseur*** : domestique en livrée.

Il invita en français d'Alsacien les voyageurs à sortir, disant d'un ton raide : « Foulez-vous descendre, Messieurs et Dames ? »

Les deux bonnes sœurs obéirent les premières avec une docilité de saintes filles habituées à toutes les soumissions. Le comte et la comtesse parurent ensuite, suivis du manufacturier et de sa femme, puis de Loiseau poussant devant lui sa grande moitié. Celui-ci, en mettant pied à terre, dit à l'officier : « Bonjour, Monsieur », par un sentiment de prudence bien plus que de politesse. L'autre, insolent comme les gens tout-puissants, le regarda sans répondre.

Boule de suif et Cornudet, bien que près de la portière, descendirent les derniers, graves et hautains devant l'ennemi. La grosse fille tâchait de se dominer et d'être calme : le démoc tourmentait d'une main tragique et un peu tremblante sa longue barbe roussâtre. Ils voulaient garder de la dignité, comprenant qu'en ces rencontres-là chacun représente un peu son pays ; et, pareillement révoltés par la souplesse de leurs compagnons, elle tâchait de se montrer plus fière que ses voisines, les femmes honnêtes, tandis que lui, sentant bien qu'il devait l'exemple, continuait en toute son attitude sa mission de résistance commencée au défoncement des routes.

On entra dans la vaste cuisine de l'auberge, et l'Allemand, s'étant fait présenter l'autorisation de départ signée par le général en chef et où étaient mentionnés les noms, le signalement et la profession de chaque voyageur, examina longuement tout ce monde, comparant les personnes aux renseignements écrits.

Puis il dit brusquement : « C'est pien », et il disparut.

Alors on respira. On avait faim encore ; le souper fut commandé. Une demi-heure était nécessaire pour l'apprêter ; et, pendant que deux servantes avaient l'air de s'en occuper, on alla visiter les chambres. Elles se trouvaient toutes dans un long couloir que terminait une porte vitrée marquée d'un numéro parlant.

Enfin on allait se mettre à table, quand le patron de l'auberge parut lui-même. C'était un ancien marchand de chevaux, un gros homme asthmatique qui avait toujours des sifflements, des enrouements, des chants de glaires dans le larynx. Son père lui avait transmis le nom de Follenvie.

Il demanda : « Mademoiselle Élisabeth Rousset ? »

Boule de suif tressaillit, se retourna :

« C'est moi.

– Mademoiselle, l'officier prussien veut vous parler immédiatement.

– À moi ?

– Oui, si vous êtes bien mademoiselle Élisabeth Rousset. »

Elle se troubla, réfléchit une seconde, puis déclara carrément : « C'est possible, mais je n'irai pas. »

Un mouvement se fit autour d'elle ; chacun discutait, cherchait la cause de cet ordre. Le comte s'approcha :

« Vous avez tort, Madame, car votre refus peut amener des difficultés considérables, non seulement pour vous, mais même pour tous vos compagnons. Il ne faut jamais résister aux gens qui sont les plus forts. Cette démarche assurément ne peut présenter aucun danger : c'est sans doute pour quelque formalité oubliée. »

Tout le monde se joignit à lui, on la pria, on la pressa, on la sermonna, et l'on finit par la convaincre ; car tous redoutaient les complications qui pourraient résulter d'un coup de tête. Elle dit enfin :

« C'est pour vous que je le fais, bien sûr ! »

La comtesse lui prit la main : « Et nous vous en remercions. »

Elle sortit. On l'attendit pour se mettre à table. Chacun se désolait de n'avoir pas été demandé à la place de cette fille violente et irascible[1], et préparait mentalement des platitudes pour le cas où on l'appellerait à son tour.

Mais au bout de dix minutes elle reparut, soufflant, rouge à suffoquer, exaspérée. Elle balbutiait : « Oh la canaille ! la canaille ! »

---

1. ***Irascible*** : qui se met facilement en colère.

Tous s'empressaient pour savoir, mais elle ne dit rien ; et, comme le comte insistait, elle répondit avec une grande dignité : « Non, cela ne vous regarde pas, je ne peux pas parler. »

Alors on s'assit autour d'une haute soupière d'où sortait un parfum de choux. Malgré cette alerte, le souper fut gai. Le cidre était bon, le ménage Loiseau et les bonnes sœurs en prirent, par économie. Les autres demandèrent du vin ; Cornudet réclama de la bière. Il avait une façon particulière de déboucher la bouteille, de faire mousser le liquide, de le considérer en penchant le verre, qu'il élevait ensuite entre la lampe et son œil pour bien apprécier la couleur. Quand il buvait, sa grande barbe, qui avait gardé la nuance de son breuvage aimé, semblait tressaillir de tendresse ; ses yeux louchaient pour ne point perdre de vue sa chope, et il avait l'air de remplir l'unique fonction pour laquelle il était né. On eût dit qu'il établissait en son esprit un rapprochement et comme une affinité[1] entre les deux grandes passions qui occupaient toute sa vie : le *Pale Ale*[2] et la Révolution ; et assurément il ne pouvait déguster l'un sans songer à l'autre.

M. et Mme Follenvie dînaient tout au bout de la table. L'homme, râlant comme une locomotive crevée, avait trop de tirage dans la poitrine pour pouvoir parler en mangeant ; mais la femme ne se taisait jamais. Elle raconta toutes ses impressions à l'arrivée des Prussiens, ce qu'ils faisaient, ce qu'ils disaient, les exécrant[3], d'abord, parce qu'ils lui coûtaient de l'argent, et, ensuite, parce qu'elle avait deux fils à l'armée. Elle s'adressait surtout à la comtesse, flattée de causer avec une dame de qualité[4].

Puis elle baissait la voix pour dire les choses délicates, et son mari, de temps en temps, l'interrompait : « Tu ferais mieux de te taire, madame Follenvie. » Mais elle n'en tenait aucun compte, et continuait : « Oui, Madame, ces gens-là, ça ne fait que manger des

1. ***Affinité*** : parenté, rapport de ressemblance.
2. ***Pale Ale*** : bière blonde anglaise.
3. ***Exécrant*** : haïssant avec force.
4. ***De qualité*** : appartenant à la noblesse.

pommes de terre et du cochon, et puis du cochon et des pommes de terre. Et il ne faut pas croire qu'ils sont propres. – Oh non ! Ils ordurent partout, sauf le respect que je vous dois. Et si vous les voyiez faire l'exercice pendant des heures et des jours ; ils sont là tous dans un champ : – Et marche en avant, et marche en arrière, et tourne par-ci, et tourne par-là. S'ils cultivaient la terre au moins, ou s'ils travaillaient aux routes dans leur pays ! – Mais non, Madame, ces militaires, ça n'est profitable à personne ! Faut-il que le pauvre peuple les nourrisse pour n'apprendre rien qu'à massacrer ! Je ne suis qu'une vieille femme sans éducation, c'est vrai, mais en les voyant qui s'esquintent le tempérament à piétiner du matin au soir, je me dis : – Quand il y a des gens qui font tant de découvertes pour être utiles, faut-il que d'autres se donnent tant de mal pour être nuisibles ! Vraiment, n'est-ce pas une abomination de tuer des gens, qu'ils soient prussiens, ou bien anglais, ou bien polonais, ou bien français ? Si l'on se revenge sur quelqu'un qui vous a fait tort, c'est mal, puisqu'on vous condamne ; mais quand on extermine nos garçons comme du gibier, avec des fusils, c'est donc bien, puisqu'on donne des décorations à celui qui en détruit le plus ?

– Non, voyez-vous, je ne comprendrai jamais cela ! »

Cornudet éleva la voix :

« La guerre est une barbarie quand on attaque un voisin paisible ; c'est un devoir sacré quand on défend la patrie. »

La vieille femme baissa la tête :

« Oui, quand on se défend, c'est autre chose ; mais si l'on ne devrait pas plutôt tuer tous les rois qui font ça pour leur plaisir ? »

L'œil de Cornudet s'enflamma :

« Bravo, citoyenne », dit-il.

M. Carré-Lamadon réfléchissait profondément. Bien qu'il fût fanatique des illustres capitaines, le bon sens de cette paysanne le faisait songer à l'opulence[1] qu'apporteraient dans un pays tant de bras inoccupés et par conséquent ruineux, tant de forces qu'on

1. ***Opulence*** : richesse, abondance de biens.

entretient improductives, si on les employait aux grands travaux industriels qu'il faudra des siècles pour achever.

Mais Loiseau, quittant sa place, alla causer tout bas avec l'aubergiste. Le gros homme riait, toussait, crachait ; son énorme ventre sautillait de joie aux plaisanteries de son voisin, et il lui acheta six feuillettes[1] de bordeaux pour le printemps, quand les Prussiens seraient partis.

Le souper à peine achevé, comme on était brisé de fatigue, on se coucha.

Cependant Loiseau, qui avait observé les choses, fit mettre au lit son épouse, puis colla tantôt son oreille et tantôt son œil au trou de la serrure, pour tâcher de découvrir ce qu'il appelait : « les mystères du corridor ».

Au bout d'une heure environ, il entendit un frôlement, regarda bien vite, et aperçut Boule de suif qui paraissait plus replète[2] encore sous un peignoir de cachemire bleu, bordé de dentelles blanches. Elle tenait un bougeoir à la main et se dirigeait vers le gros numéro[3] tout au fond du couloir. Mais une porte, à côté, s'entrouvrit, et, quand elle revint au bout de quelques minutes, Cornudet, en bretelles, la suivait. Ils parlaient bas, puis ils s'arrêtèrent. Boule de suif semblait défendre l'entrée de sa chambre avec énergie. Loiseau, malheureusement, n'entendait pas les paroles, mais, à la fin, comme ils élevaient la voix, il put en saisir quelques-unes. Cornudet insistait avec vivacité. Il disait :

« Voyons, vous êtes bête, qu'est-ce que ça vous fait ? »

Elle avait l'air indigné et répondit :

« Non, mon cher, il y a des moments où ces choses-là ne se font pas ; et puis, ici, ce serait une honte. »

Il ne comprenait point, sans doute, et demanda pourquoi. Alors elle s'emporta, élevant encore le ton :

---

1. ***Feuillettes*** : tonneaux dont la contenance varie entre 114 et 140 litres.
2. ***Replète*** : qui a de l'embonpoint, grassouillette.
3. ***Gros numéro*** : toilettes (le gros numéro désigne le nombre cent qui fait jeu de mots avec « sent », du verbe sentir).

« Pourquoi ? Vous ne comprenez pas pourquoi ? Quand il y a des Prussiens dans la maison, dans la chambre à côté peut-être ? »

Il se tut. Cette pudeur patriotique de catin [1] qui ne se laissait point caresser près de l'ennemi dut réveiller en son cœur sa dignité défaillante, car, après l'avoir seulement embrassée, il regagna sa porte à pas de loup.

Loiseau, très allumé, quitta la serrure, battit un entrechat [2] dans sa chambre, mit son madras [3], souleva le drap sous lequel gisait la dure carcasse de sa compagne qu'il réveilla d'un baiser en murmurant : « M'aimes-tu, chérie ? »

Alors toute la maison devint silencieuse. Mais bientôt s'éleva quelque part, dans une direction indéterminée qui pouvait être la cave aussi bien que le grenier, un ronflement puissant, monotone, régulier, un bruit sourd et prolongé, avec des tremblements de chaudière sous pression. M. Follenvie dormait.

Comme on avait décidé qu'on partirait à huit heures le lendemain, tout le monde se trouva dans la cuisine ; mais la voiture, dont la bâche avait un toit de neige, se dressait solitaire au milieu de la cour, sans chevaux et sans conducteur. On chercha en vain celui-ci dans les écuries, dans les fourrages, dans les remises. Alors tous les hommes se résolurent à battre le pays et ils sortirent. Ils se trouvèrent sur la place, avec l'église au fond et, des deux côtés, des maisons basses où l'on apercevait des soldats prussiens. Le premier qu'ils virent épluchait des pommes de terre. Le second, plus loin, lavait la boutique du coiffeur. Un autre, barbu jusqu'aux yeux, embrassait un mioche qui pleurait et le berçait sur ses genoux pour tâcher de l'apaiser ; et les grosses paysannes dont les hommes étaient à « l'armée de la guerre », indiquaient par signes à leurs vainqueurs obéissants le travail qu'il fallait entreprendre :

1. ***Catin*** (mot vieilli) : prostituée, femme de mauvaise vie.

2. ***Entrechat*** (terme de danse) : saut léger lors duquel les pieds battent l'un contre l'autre.

3. ***Madras*** : mouchoir d'étoffe provenant des Indes qui, noué sur la tête, servait de bonnet de nuit.

fendre du bois, tremper la soupe, moudre le café ; un d'eux-mêmes lavait le linge de son hôtesse, une aïeule tout impotente.

Le comte, étonné, interrogea le bedeau [1] qui sortait du presbytère [2]. Le vieux rat d'église lui répondit : « Oh ! ceux-là ne sont pas méchants : c'est pas des Prussiens à ce qu'on dit. Ils sont de plus loin, je ne sais pas bien d'où ; et ils ont tous laissé une femme et des enfants au pays ; ça ne les amuse pas, la guerre, allez ! Je suis sûr qu'on pleure bien aussi là-bas après les hommes ; et ça fournira une fameuse misère chez eux comme chez nous. Ici, encore, on n'est pas trop malheureux pour le moment, parce qu'ils ne font pas de mal et qu'ils travaillent comme s'ils étaient dans leurs maisons. Voyez-vous, Monsieur, entre pauvres gens, faut bien qu'on s'aide… C'est les grands qui font la guerre. »

Cornudet, indigné de l'entente cordiale établie entre les vainqueurs et les vaincus, se retira, préférant s'enfermer dans l'auberge. Loiseau eut un mot pour rire : « Ils repeuplent. » M. Carré-Lamadon eut un mot grave : « Ils réparent. » Mais on ne trouvait pas le cocher. À la fin on le découvrit dans le café du village attablé fraternellement avec l'ordonnance de l'officier. Le comte l'interpella :

« Ne vous avait-on pas donné l'ordre d'atteler pour huit heures ?

– Ah bien oui, mais on m'en a donné un autre depuis.

– Lequel ?

– De ne pas atteler du tout.

– Qui vous a donné cet ordre ?

– Ma foi ! le commandant prussien.

– Pourquoi ?

– Je n'en sais rien. Allez lui demander. On me défend d'atteler, moi je n'attelle pas. – Voilà.

– C'est lui-même qui vous a dit cela ?

1. ***Bedeau*** : employé chargé de l'entretien de l'église.
2. ***Presbytère*** : habitation du curé.

– Non, Monsieur : c'est l'aubergiste qui m'a donné l'ordre de sa part.

– Quand ça ?

– Hier soir, comme j'allais me coucher. »

Les trois hommes rentrèrent fort inquiets.

On demanda M. Follenvie, mais la servante répondit que Monsieur, à cause de son asthme, ne se levait jamais avant dix heures. Il avait même formellement défendu de le réveiller plus tôt, excepté en cas d'incendie.

On voulut voir l'officier, mais cela était impossible absolument, bien qu'il logeât dans l'auberge. M. Follenvie seul était autorisé à lui parler pour les affaires civiles. Alors on attendit. Les femmes remontèrent dans leurs chambres, et des futilités les occupèrent.

Cornudet s'installa sous la haute cheminée de la cuisine, où flambait un grand feu. Il se fit apporter là une des petites tables du café, une canette, et il tira sa pipe qui jouissait parmi les démocrates d'une considération presque égale à la sienne, comme si elle avait servi la patrie en servant à Cornudet. C'était une superbe pipe en écume[1] admirablement culottée[2], aussi noire que les dents de son maître, mais parfumée, recourbée, luisante, familière à sa main, et complétant sa physionomie. Et il demeura immobile, les yeux tantôt fixés sur la flamme du foyer, tantôt sur la mousse qui couronnait sa chope ; et chaque fois qu'il avait bu, il passait d'un air satisfait ses longs doigts maigres dans ses longs cheveux gras, pendant qu'il humait sa moustache frangée d'écume.

Loiseau, sous prétexte de se dégourdir les jambes, alla placer du vin aux débitants du pays. Le comte et le manufacturier se mirent à causer politique. Ils prévoyaient l'avenir de la France. L'un croyait aux d'Orléans[3], l'autre à un sauveur inconnu, un héros qui se

1. ***Écume*** : nom usuel de la magnésite par analogie avec la couleur et la légèreté de l'écume de mer.
2. ***Culottée*** : tapissée à l'intérieur d'un épais dépôt noir.
3. ***D'Orléans*** : voir note 4, p. 34.

révélerait quand tout serait désespéré : un Du Guesclin[1], une Jeanne d'Arc[2] peut-être ? ou un autre Napoléon Ier[3] ? Ah ! si le prince impérial[4] n'était pas si jeune ! Cornudet, les écoutant, souriait en homme qui sait le mot des destinées. Sa pipe embaumait la cuisine.

Comme dix heures sonnaient, M. Follenvie parut. On l'interrogea bien vite ; mais il ne put que répéter deux ou trois fois, sans une variante, ces paroles : « L'officier m'a dit comme ça : "Monsieur Follenvie, vous défendrez qu'on attelle demain la voiture de ces voyageurs. Je ne veux pas qu'ils partent sans mon ordre. Vous entendez. Ça suffit." »

Alors on voulut voir l'officier. Le comte lui envoya sa carte où M. Carré-Lamadon ajouta son nom et tous ses titres. Le Prussien fit répondre qu'il admettrait ces deux hommes à lui parler quand il aurait déjeuné, c'est-à-dire vers une heure.

Les dames reparurent et l'on mangea quelque peu, malgré l'inquiétude. Boule de suif semblait malade et prodigieusement troublée.

On achevait le café quand l'ordonnance vint chercher ces messieurs.

Loiseau se joignit aux deux premiers ; mais comme on essayait d'entraîner Cornudet pour donner plus de solennité à leur démarche, il déclara fièrement qu'il entendait n'avoir jamais aucun rapport avec les Allemands ; et il se remit dans sa cheminée, demandant une autre canette.

Les trois hommes montèrent et furent introduits dans la plus belle chambre de l'auberge, où l'officier les reçut, étendu dans un

---

1. ***Du Guesclin*** : célèbre pour la lutte qu'il mena contre les Anglais durant la guerre de Cent Ans (XIVe siècle).

2. ***Jeanne d'Arc*** : comme Du Guesclin, elle lutta contre les Anglais en particulier lors du siège de la ville d'Orléans.

3. ***Napoléon Ier*** : empereur des Français de 1804 à 1815 ; il incarne un pouvoir politique fort.

4. ***Prince impérial*** : fils de Napoléon III, âgé de quatorze ans en 1870.

fauteuil, les pieds sur la cheminée, fumant une longue pipe de porcelaine, et enveloppé par une robe de chambre flamboyante, dérobée sans doute dans la demeure abandonnée de quelque bourgeois de mauvais goût. Il ne se leva pas, ne les salua pas, ne les regarda pas. Il présentait un magnifique échantillon de la goujaterie[1] naturelle au militaire victorieux.

Au bout de quelques instants il dit enfin :

« Qu'est-ce que fous foulez ? »

Le comte prit la parole : « Nous désirons partir, Monsieur.

– Non.

– Oserai-je vous demander la cause de ce refus ?

– Parce que che ne feux pas.

– Je vous ferai respectueusement observer, Monsieur, que votre général en chef nous a délivré une permission de départ pour gagner Dieppe, et je ne pense pas que nous ayons rien fait pour mériter vos rigueurs.

– Che ne feux pas... foilà tout... Fous poufez tescentre. »

S'étant inclinés tous les trois, ils se retirèrent.

L'après-midi fut lamentable. On ne comprenait rien à ce caprice d'Allemand, et les idées les plus singulières troublaient les têtes. Tout le monde se tenait dans la cuisine, et l'on discutait sans fin, imaginant des choses invraisemblables. On voulait peut-être les garder comme otages – mais dans quel but ? – ou les emmener prisonniers ? ou, plutôt, leur demander une rançon considérable ? À cette pensée, une panique les affola. Les plus riches étaient les plus épouvantés, se voyant déjà contraints, pour racheter leur vie, de verser des sacs pleins d'or entre les mains de ce soldat insolent. Ils se creusaient la cervelle pour découvrir des mensonges acceptables, dissimuler leurs richesses, se faire passer pour pauvres, très pauvres. Loiseau enleva sa chaîne de montre et la cacha dans sa poche. La nuit qui tombait augmenta les appréhensions. La lampe fut allumée, et, comme on avait encore

1. ***Goujaterie*** : manque de savoir-vivre, grossièreté.

deux heures avant le dîner, Mme Loiseau proposa une partie de trente et un [1]. Ce serait une distraction. On accepta. Cornudet lui-même, ayant éteint sa pipe par politesse, y prit part.

Le comte battit les cartes – donna – Boule de suif avait trente et un d'emblée ; et bientôt l'intérêt de la partie apaisa la crainte qui hantait les esprits. Mais Cornudet s'aperçut que le ménage Loiseau s'entendait pour tricher.

Comme on allait se mettre à table, M. Follenvie reparut, et, de sa voix graillonnante [2], il prononça : « L'officier prussien fait demander à Mlle Élisabeth Rousset si elle n'a pas encore changé d'avis. »

Boule de suif resta debout, toute pâle ; puis, devenant subitement cramoisie [3], elle eut un tel étouffement de colère qu'elle ne pouvait plus parler. Enfin elle éclata : « Vous lui direz à cette crapule, à ce saligaud, à cette charogne [4] de Prussien, que jamais je ne voudrai ; vous entendez bien, jamais, jamais, jamais ! »

Le gros aubergiste sortit. Alors Boule de suif fut entourée, interrogée, sollicitée par tout le monde de dévoiler le mystère de sa visite. Elle résista d'abord ; mais l'exaspération l'emporta bientôt : « Ce qu'il veut ?... ce qu'il veut ?... Il veut coucher avec moi ! », cria-t-elle. Personne ne se choqua du mot, tant l'indignation fut vive. Cornudet brisa sa chope en la reposant violemment sur la table. C'était une clameur de réprobation contre ce soudard [5] ignoble, un souffle de colère, une union de tous pour la résistance, comme si l'on eût demandé à chacun une partie du sacrifice exigé d'elle. Le comte déclara avec dégoût que ces gens-là se conduisaient à la façon des anciens barbares. Les femmes surtout témoignèrent à Boule de suif une commisération [6] énergique et

1. ***Trente et un*** : jeu de cartes où il faut réunir sans les dépasser trente et un points avec trois cartes.
2. ***Graillonnante*** (familier) : enrouée.
3. ***Cramoisie*** : très rouge.
4. ***Charogne*** (terme injurieux) : crapule.
5. ***Soudard*** : soldat brutal et grossier.
6. ***Commisération*** : compassion, sentiment de pitié.

caressante. Les bonnes sœurs, qui ne se montraient qu'aux repas, avaient baissé la tête et ne disaient rien.

On dîna néanmoins lorsque la première fureur fut apaisée ; mais on parla peu : on songeait.

Les dames se retirèrent de bonne heure, et les hommes, tout en fumant, organisèrent un écarté[1] auquel fut convié M. Follenvie, qu'on avait l'intention d'interroger habilement sur les moyens à employer pour vaincre la résistance de l'officier. Mais il ne songeait qu'à ses cartes, sans rien écouter, sans rien répondre ; et il répétait sans cesse : « Au jeu, Messieurs, au jeu. » Son attention était si tendue qu'il en oubliait de cracher, ce qui lui mettait parfois des points d'orgue[2] dans la poitrine. Ses poumons sifflants donnaient toute la gamme de l'asthme, depuis les notes graves et profondes jusqu'aux enrouements aigus des jeunes coqs essayant de chanter.

Il refusa même de monter, quand sa femme, qui tombait de sommeil, vint le chercher. Alors elle partit toute seule, car elle était « du matin », toujours levée avec le soleil, tandis que son homme était « du soir », toujours prêt à passer la nuit avec des amis. Il lui cria : « Tu placeras mon lait de poule[3] devant le feu », et se remit à sa partie. Quand on vit bien qu'on n'en pourrait rien tirer, on déclara qu'il était temps de s'en aller, et chacun gagna son lit.

On se leva encore d'assez bonne heure le lendemain, avec un espoir indéterminé, un désir plus grand de s'en aller, une terreur du jour à passer dans cette horrible petite auberge.

Hélas ! les chevaux restaient à l'écurie, le cocher demeurait invisible. On alla, par désœuvrement, tourner autour de la voiture.

---

1. ***Écarté*** : jeu de cartes où les joueurs ont la possibilité, si leurs partenaires y consentent, d'écarter les cartes qui ne leur conviennent pas et de les remplacer par d'autres.
2. ***Points d'orgue*** : signes placés sur une note qui permettent d'en prolonger la durée à volonté : les sifflements de Follenvie durent très longtemps.
3. ***Lait de poule*** : jaune d'œuf battu avec du lait et de l'eau chaude sucrés.

Le déjeuner fut bien triste ; et il s'était produit comme un refroidissement vis-à-vis de Boule de suif, car la nuit, qui porte conseil, avait un peu modifié les jugements. On en voulait presque à cette fille, maintenant, de n'avoir pas été trouver secrètement le Prussien, afin de ménager, au réveil, une bonne surprise à ses compagnons. Quoi de plus simple ? Qui l'eût su d'ailleurs ? Elle aurait pu sauver les apparences en faisant dire à l'officier qu'elle prenait en pitié leur détresse. Pour elle ça avait si peu d'importance !

Mais personne n'avouait encore ces pensées.

Dans l'après-midi, comme on s'ennuyait à périr, le comte proposa de faire une promenade aux alentours du village. Chacun s'enveloppa avec soin et la petite société partit, à l'exception de Cornudet, qui préférait rester près du feu, et des bonnes sœurs, qui passaient leurs journées dans l'église ou chez le curé.

Le froid, plus intense de jour en jour, piquait cruellement le nez et les oreilles ; les pieds devenaient si douloureux que chaque pas était une souffrance ; et lorsque la campagne se découvrit, elle leur apparut si effroyablement lugubre sous cette blancheur illimitée que tout le monde aussitôt retourna, l'âme glacée et le cœur serré.

Les quatre femmes marchaient devant, les trois hommes suivaient, un peu derrière.

Loiseau, qui comprenait la situation, demanda tout à coup si cette « garce-là » allait les faire rester longtemps encore dans un pareil endroit. Le comte, toujours courtois, dit qu'on ne pouvait exiger d'une femme un sacrifice aussi pénible, et qu'il devait venir d'elle-même. M. Carré-Lamadon remarqua que si les Français faisaient, comme il en était question, un retour offensif par Dieppe, la rencontre ne pourrait avoir lieu qu'à Tôtes. Cette réflexion rendit les deux autres soucieux. « Si l'on se sauvait à pied », dit Loiseau. Le comte haussa les épaules : « Y songez-vous, dans cette neige ? avec nos femmes ? Et puis nous serions tout de suite poursuivis, rattrapés en dix minutes, et ramenés prisonniers à la merci des soldats. » C'était vrai ; on se tut.

Les dames parlaient toilette ; mais une certaine contrainte[1] semblait les désunir.

Tout à coup, au bout de la rue, l'officier parut. Sur la neige qui fermait l'horizon il profilait sa grande taille de guêpe en uniforme, et marchait, les genoux écartés, de ce mouvement particulier aux militaires qui s'efforcent de ne point maculer[2] leurs bottes soigneusement cirées.

Il s'inclina en passant près des dames, et regarda dédaigneusement les hommes qui eurent, du reste, la dignité de ne point se découvrir, bien que Loiseau ébauchât un geste pour retirer sa coiffure.

Boule de suif était devenue rouge jusqu'aux oreilles ; et les trois femmes mariées ressentaient une grande humiliation d'être ainsi rencontrées par ce soldat, dans la compagnie de cette fille qu'il avait si cavalièrement traitée.

Alors on parla de lui, de sa tournure, de son visage. Mme Carré-Lamadon, qui avait connu beaucoup d'officiers et qui les jugeait en connaisseur, trouvait celui-là pas mal du tout ; elle regrettait même qu'il ne fût pas français, parce qu'il ferait un fort joli hussard dont toutes les femmes assurément raffoleraient.

Une fois rentrés, on ne sut plus que faire. Des paroles aigres furent même échangées à propos de choses insignifiantes. Le dîner silencieux dura peu, et chacun monta se coucher, espérant dormir pour tuer le temps.

On descendit le lendemain avec des visages fatigués et des cœurs exaspérés. Les femmes parlaient à peine à Boule de suif.

Une cloche tinta. C'était pour un baptême. La grosse fille avait un enfant élevé chez des paysans d'Yvetot. Elle ne le voyait pas une fois l'an, et n'y songeait jamais ; mais la pensée de celui qu'on allait baptiser lui jeta au cœur une tendresse subite et violente pour le sien, et elle voulut absolument assister à la cérémonie.

---

1. ***Contrainte*** : gêne, malaise.
2. ***Maculer*** : tacher.

Aussitôt qu'elle fut partie, tout le monde se regarda, puis on rapprocha les chaises, car on sentait bien qu'à la fin il fallait décider quelque chose. Loiseau eut une inspiration : il était d'avis de proposer à l'officier de garder Boule de suif toute seule, et de laisser partir les autres.

M. Follenvie se chargea encore de la commission, mais il redescendit presque aussitôt. L'Allemand, qui connaissait la nature humaine, l'avait mis à la porte. Il prétendait retenir tout le monde tant que son désir ne serait pas satisfait.

Alors le tempérament populacier[1] de Mme Loiseau éclata : « Nous n'allons pourtant pas mourir de vieillesse ici. Puisque c'est son métier, à cette gueuse, de faire ça avec tous les hommes, je trouve qu'elle n'a pas le droit de refuser l'un plutôt que l'autre. Je vous demande un peu, ça a pris tout ce qu'elle a trouvé dans Rouen, même des cochers ! oui, madame, le cocher de la préfecture ! Je le sais bien, moi, il achète son vin à la maison. Et aujourd'hui qu'il s'agit de nous tirer d'embarras, elle fait la mijaurée[2], cette morveuse !... Moi, je trouve qu'il se conduit très bien, cet officier. Il est peut-être privé depuis longtemps ; et nous étions là trois qu'il aurait sans doute préférées. Mais non, il se contente de celle à tout le monde. Il respecte les femmes mariées.

Songez donc, il est le maître. Il n'avait qu'à dire : "Je veux", et il pouvait nous prendre de force avec ses soldats. »

Les deux femmes eurent un petit frisson. Les yeux de la jolie Mme Carré-Lamadon brillaient, et elle était un peu pâle, comme si elle se sentait déjà prise de force par l'officier.

Les hommes, qui discutaient à l'écart, se rapprochèrent. Loiseau, furibond, voulait livrer « cette misérable » pieds et poings liés à l'ennemi. Mais le comte, issu de trois générations d'ambassadeurs, et doué d'un physique de diplomate, était partisan de l'habileté : « Il faudrait la décider », dit-il.

---

1. ***Populacier*** : adjectif issu du nom populace qui désigne le peuple de manière péjorative, vulgaire.

2. ***Mijaurée*** : femme aux manières affectées et ridicules.

Alors on conspira.

Les femmes se serrèrent, le ton de la voix fut baissé, et la discussion devint générale, chacun donnant son avis. C'était fort convenable du reste. Ces dames surtout trouvaient des délicatesses de tournures, des subtilités d'expression charmantes, pour dire les choses les plus scabreuses[1]. Un étranger n'aurait rien compris tant les précautions du langage étaient observées. Mais la légère tranche de pudeur dont est bardée[2] toute femme du monde ne recouvrant que la surface, elles s'épanouissaient dans cette aventure polissonne[3], s'amusaient follement au fond, se sentant dans leur élément, tripotant de l'amour avec la sensualité d'un cuisinier gourmand qui prépare le souper d'un autre.

La gaieté revenait d'elle-même, tant l'histoire leur semblait drôle à la fin. Le comte trouva des plaisanteries un peu risquées, mais si bien dites qu'elles faisaient sourire. À son tour Loiseau lâcha quelques grivoiseries[4] plus raides dont on ne se blessa point ; et la pensée brutalement exprimée par sa femme dominait tous les esprits : « Puisque c'est son métier à cette fille, pourquoi refuserait-elle celui-là plus qu'un autre ? » La gentille Mme Carré-Lamadon semblait même penser qu'à sa place elle refuserait celui-là moins qu'un autre.

On prépara longuement le blocus, comme pour une forteresse investie. Chacun convint du rôle qu'il jouerait, des arguments dont il s'appuierait, des manœuvres qu'il devrait exécuter. On régla le plan des attaques, les ruses à employer, et les surprises de l'assaut, pour forcer cette citadelle vivante à recevoir l'ennemi dans la place.

Cornudet cependant restait à l'écart, complètement étranger à cette affaire.

---

1. ***Scabreuses*** : indécentes.
2. ***Bardée*** : se dit pour les viandes à rôtir que l'on entoure d'une fine tranche de lard.
3. ***Polissonne*** : scabreuse, licencieuse.
4. ***Grivoiseries*** : plaisanteries osées, gauloises.

Une attention si profonde tendait les esprits, qu'on n'entendit point rentrer Boule de suif. Mais le comte souffla un léger : « Chut » qui fit relever tous les yeux. Elle était là. On se tut brusquement, et un certain embarras empêcha d'abord de lui parler. La comtesse, plus assouplie que les autres aux duplicités [1] des salons, l'interrogea : « Était-ce amusant, ce baptême ? »

La grosse fille, encore émue, raconta tout, et les figures, et les attitudes, et l'aspect même de l'église. Elle ajouta : « C'est si bon de prier quelquefois. »

Cependant, jusqu'au déjeuner, ces dames se contentèrent d'être aimables avec elle, pour augmenter sa confiance et sa docilité à leurs conseils.

Aussitôt à table, on commença les approches. Ce fut d'abord une conversation vague sur le dévouement. On cita des exemples anciens : Judith et Holopherne, puis, sans aucune raison, Lucrèce avec Sextus, Cléopâtre faisant passer par sa couche tous les généraux ennemis, et les y réduisant à des servilités d'esclave. Alors se déroula une histoire fantaisiste, éclose dans l'imagination de ces millionnaires ignorants, où les citoyennes de Rome allaient endormir à Capoue Annibal entre leurs bras, et, avec lui, ses lieutenants, et les phalanges [2] des mercenaires [3]. On cita toutes les femmes qui ont arrêté des conquérants, fait de leur corps un champ de bataille, un moyen de dominer, une arme, qui ont vaincu par leurs caresses héroïques des êtres hideux ou détestés, et sacrifié leur chasteté, à la vengeance et au dévouement.

On parla même en termes voilés de cette Anglaise de grande famille qui s'était laissé inoculer une horrible et contagieuse maladie pour la transmettre à Bonaparte sauvé miraculeusement, par une faiblesse subite, à l'heure du rendez-vous fatal.

---

1. ***Duplicités*** : hypocrisies, faussetés, attitudes doubles.
2. ***Phalanges*** : armées, troupes.
3. ***Mercenaires*** : soldats combattant contre salaire pour le compte d'un pays étranger.

Maupassant, le choc de la défaite de 1870

Maupassant a tout juste vingt ans lorsque la guerre de 1870 éclate. Mobilisé, il assiste à la débâcle des troupes françaises qui refluent en désordre. De cette déroute, il gardera des images de honte et de cruauté, qui renforcent son profond pessimisme et confèrent aux premières pages de *Boule de suif* leur atmosphère de peur et de désarroi.

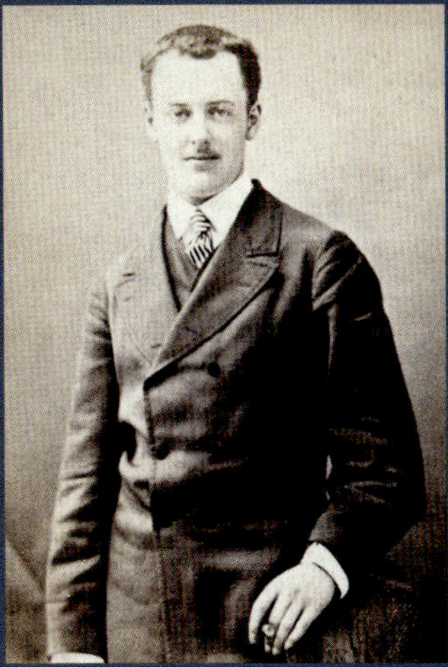

▶ Portrait de Maupassant en 1872.

▼ Alphonse de Neuville, *Esquisse pour le panorama de la bataille de Champigny*, 1881.
Le 30 novembre 1870, en plein siège de Paris par les Prussiens, l'artillerie française tente de percer les lignes ennemies à Champigny, Bry et Villiers (dans l'actuel Val-de-Marne). Après trois jours d'affrontements très meurtriers, les troupes françaises se retranchent dans la capitale.

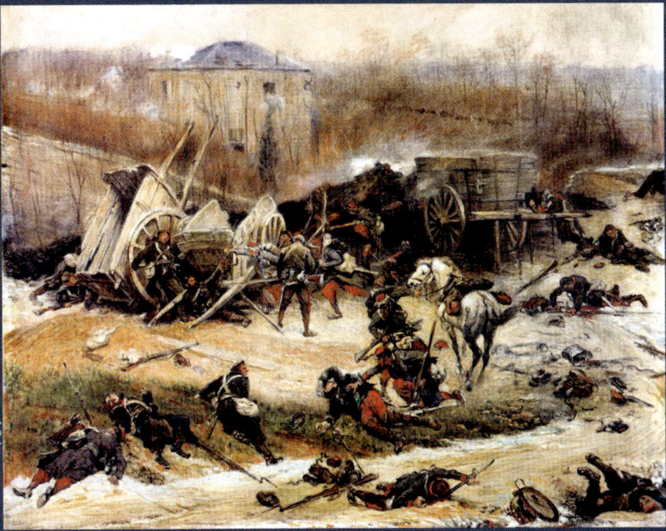

Un drame à huis clos

Attentif au réel, Maupassant sait peindre des détails, noter des attitudes ou retranscrire des dialogues qui remplacent de longues analyses. Ainsi, sa description de la pénible progression de la diligence dans la neige (voir p. 32) permet d'instaurer un climat oppressant. De même, les scènes à l'intérieur de la diligence et de l'auberge se déroulent à huis clos, suscitant un sentiment d'enfermement et d'enlisement.

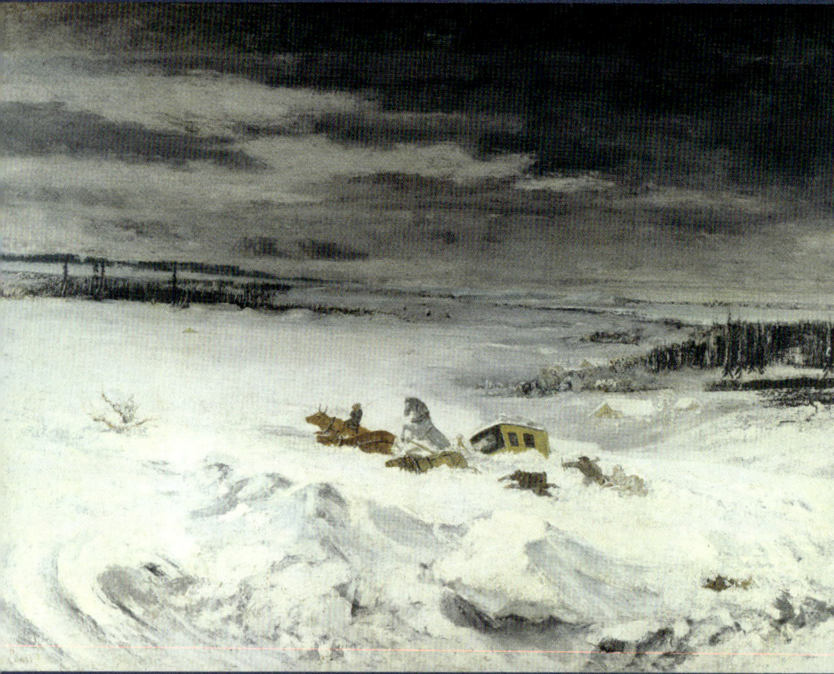

▲ Gustave Courbet, *La Diligence dans la neige*, 1860, huile sur toile, The National Gallery, Londres. C'est ce même climat que le peintre réaliste Gustave Courbet (1819-1877) parvient à reproduire dans ce tableau : le ciel bas et noir écrase le paysage enneigé où la voiture se retrouve prise au piège.

Dans l'espace confiné de la diligence puis à l'auberge, la vraie nature des personnages se révèle peu à peu.

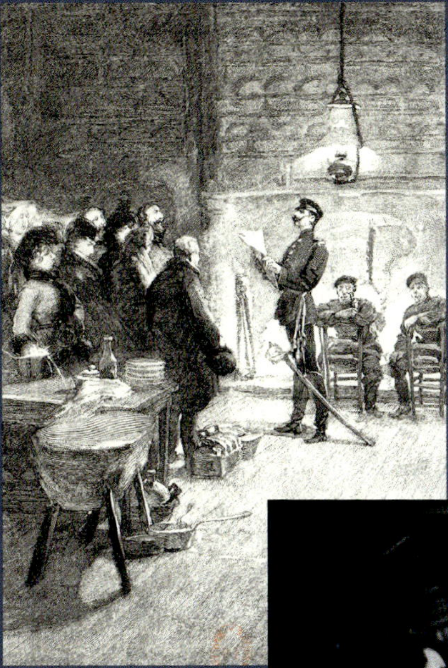

◀ Illustration extraite de Maupassant, *Boule de suif*, Magnier, 1897, par François Thévenot (1856-1943).

▼ Plan extrait du film *Boule de suif* de Christian-Jaque, 1945.

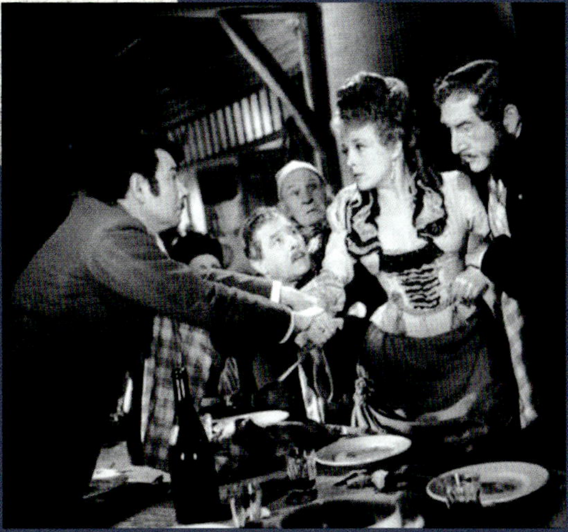

Questions

1. Dans l'illustration de François Thévenot et dans le film de Christian-Jaque, identifiez les personnages. Analysez les jeux de regards et les gestes.
2. À quelles scènes ces documents font-ils référence ?
3. Comment les deux images suggèrent-elles l'idée que Boule de suif est prisonnière de la situation ?

De la représentation des types sociaux à la satire

Héritier de la tradition du roman réaliste balzacien, Maupassant excelle à dépeindre des milieux sociaux parfaitement circonscrits. En s'appuyant sur un certain nombre de stéréotypes, il parvient à camper rapidement des personnages représentatifs de leur classe. Lorsqu'il introduit les protagonistes, il emploie également des registres différents choisis en fonction du rang de chacun (voir p. 32-34). L'artiste qui illustre *Boule de suif* en 1897 recourt lui aussi à des procédés similaires.

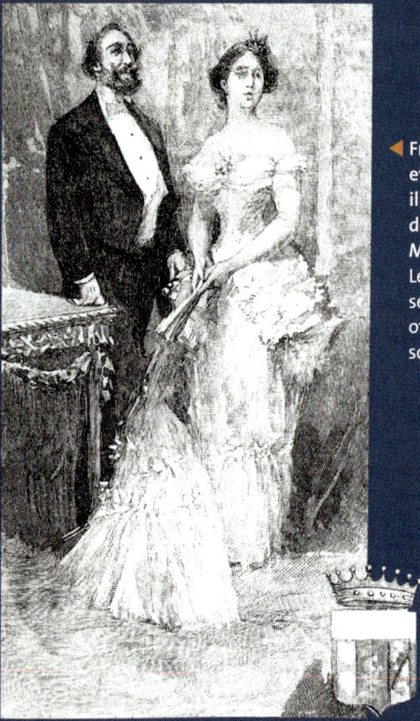

◀ François Thévenot, « Le comte et la comtesse de Bréville », illustration extraite de Maupassant, *Boule de suif*, Magnier, 1897.
Les aristocrates sont représentés selon les conventions du portrait officiel (en pied, en tenue de soirée et associés à leur blason).

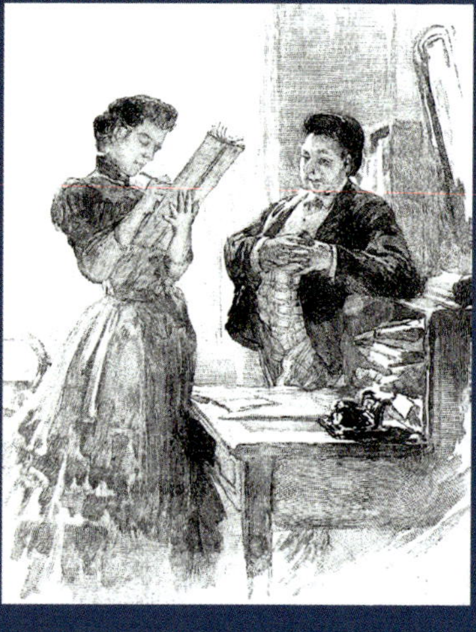

▶ François Thévenot, « Monsieur et Madame Loiseau, marchands de vin », illustration extraite de Maupassant, *Boule de suif*, Magnier, 1897.
Les époux Loiseau, marchands de vin, sont représentés selon les codes de la scène de genre (au milieu des activités du quotidien).

Au XIXe siècle, la lithographie (procédé de reproduction de gravures au moyen d'une pierre calcaire) permet la diffusion massive d'images, notamment par le biais de la presse. De la fin des années 1840 aux années 1870, le dessinateur Honoré Daumier (1808-1879) produit quelque 4000 lithographies où, à plusieurs reprises, il figure des voyageurs entassés dans des wagons de chemins de fer ou des diligences. Dans ces nouveaux théâtres du jeu social, des personnages d'origines diverses, tels l'ouvrier et le bourgeois, sont contraints de se côtoyer.

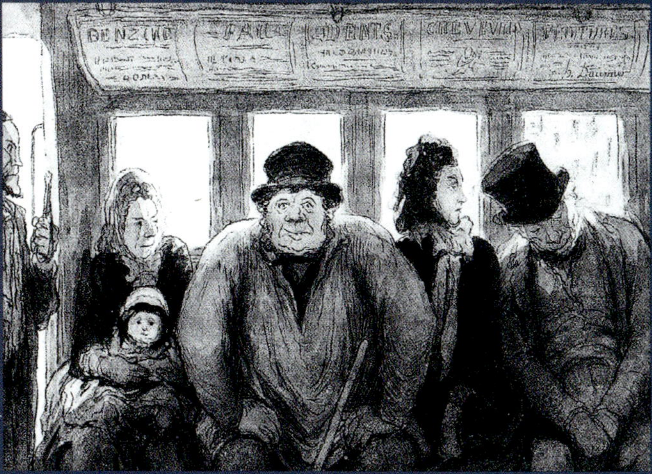

▲ Honoré Daumier, « Dans l'omnibus », lithographie, 1864, Walter's Art Gallery, Baltimore.

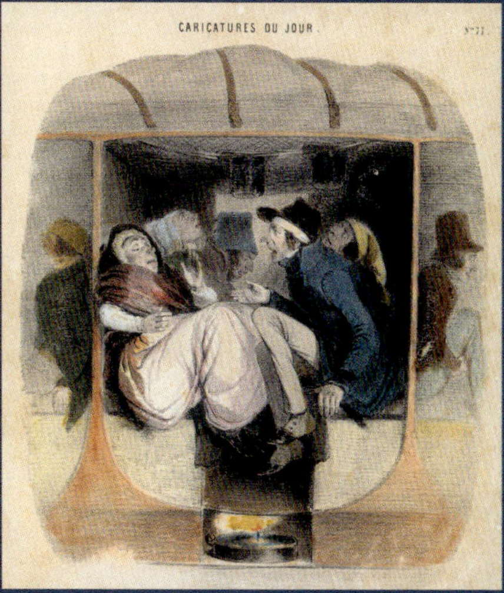

▶ Honoré Daumier, « L'intérieur d'une diligence Laffitte », lithographie, v. 1850, musée de la voiture de Compiègne.

La fille de joie au XIXe siècle

Boule de suif est l'un des nombreux personnages de prostituées dans les tableaux et les romans du XIXe siècle. À cette époque apparaissent les premières études consacrées à la prostitution, qui mettent en lumière l'immense diversité des situations et l'omniprésence du phénomène[1]. Manipulatrice usant de ses charmes pour asservir les hommes, victime de toutes les persécutions ou fille au grand cœur : les représentations de la fille de joie oscillent entre réprobation et constat, fascination et critique des aliénations que la prostitution révèle.

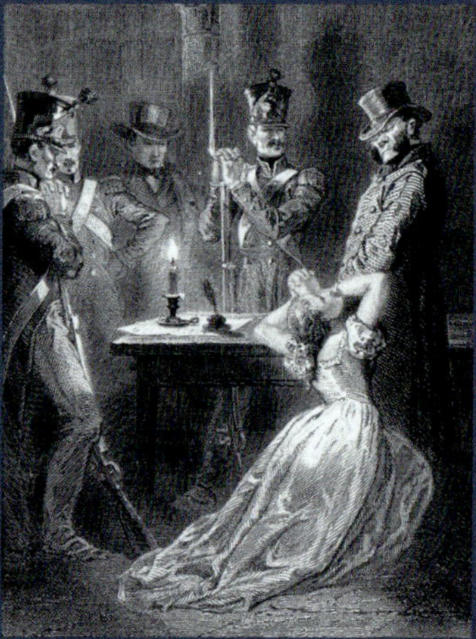

▶ **Gustave Brion, « Fantine implorant la pitié de Javert », illustration des *Misérables*, 1862.**
Le destin tragique de Fantine, dans la première partie des *Misérables* (voir dossier, p. 87-92), permet à Victor Hugo de dénoncer l'injustice de la société de son temps. À la suite d'un incident dont elle n'est pas responsable, l'impitoyable inspecteur de police Javert veut l'incarcérer. Cette ultime épreuve précipitera la mort de Fantine.

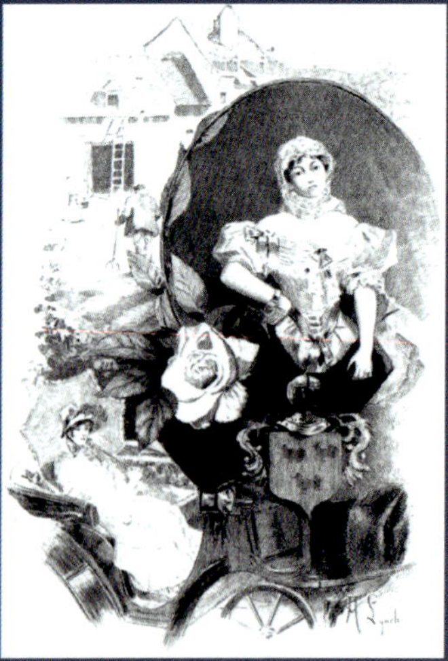

◀ **Adolphe Pierre Riffaut, « La Dame aux camélias », *L'Artiste*, 1er décembre 1851.**
Dans *La Dame aux camélias*, Alexandre Dumas fils (1824-1895) présente une courtisane généreuse qui se sacrifie par amour. Reine des fêtes du demi-monde parisien, Marguerite Gautier tombe amoureuse d'Armand Duval et accepte de se retirer avec lui à la campagne. Mais le père de son amant la pousse à mettre fin à cette liaison, pour ne pas compromettre le mariage de la sœur d'Armand. Ce dernier se croit trahi par sa maîtresse, la maudit et l'abandonne. Lorsque la vérité éclate, Armand accourt trop tard au chevet de Marguerite, qui meurt de phtisie dans les bras de son amant. De façon significative, rien dans le titre du livre de Dumas ni dans la gravure ne permet a priori de distinguer la courtisane de ce que, au XIXe siècle, on aurait appelé une femme vertueuse.

1. Voir Alexandre Parent-Duchâtelet, *De la prostitution dans la ville de Paris au XIXe siècle*, éd. Alain Corbin, Seuil, 1981, p. 119 *sq.* : « On peut dire que ces femmes se trouvent partout, qu'elles ne sont nulle part : elles existent sous l'appareil du luxe le plus somptueux et sous les haillons de la misère, elles prennent mille formes. »

Dans un récit qui prend valeur de documentaire, Émile Zola (1840-1902) entend dénoncer la corruption d'un monde à travers le personnage d'Anna Coupeau, dite Nana. Cette prostituée née dans la misère manipule les hommes et pousse toutes ses victimes à la ruine ou à la déchéance, avant d'être à son tour entraînée dans la destruction (voir dossier, p. 94-95).

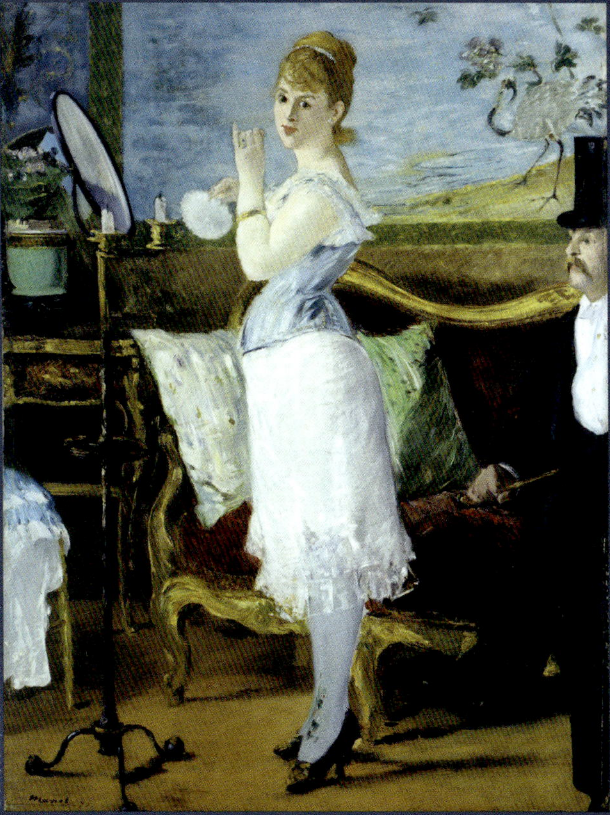

Claude Monet (1840-1926), *Nana*, 1877, huile sur toile, Kunsthalle, Hambourg.

Questions

1. Pour chacun de ces documents, identifiez le thème que l'illustrateur ou le peintre a voulu mettre en valeur. Précisez par quels moyens il y parvient (composition, couleur, lumière, etc.).
2. D'après vous, de quel type de figure peut-on davantage rapprocher Boule de suif ? Justifiez votre réponse, en vous appuyant non seulement sur la description physique du personnage mais aussi sur le portrait psychologique et moral qu'en dresse Maupassant.

Les adaptations de *Boule de suif*

Se déroulant dans des lieux bien circonscrits (l'intérieur de la diligence, l'auberge), *Boule de suif* se prête facilement aux adaptations, théâtrale ou cinématographique. Dès 1902, l'adaptation d'Oscar Méténier (1859-1913) est représentée au théâtre Antoine, à Paris. En 1945, c'est au tour du cinéaste Christian-Jaque (1904-1994) de s'inspirer de Maupassant pour tourner un film engagé, un hommage à la patrie et à la Résistance.

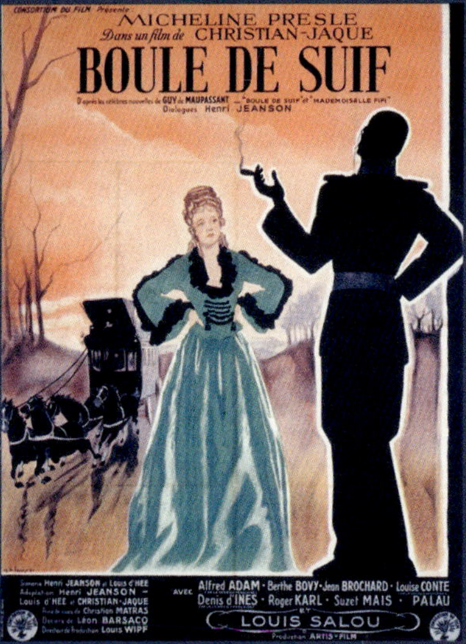

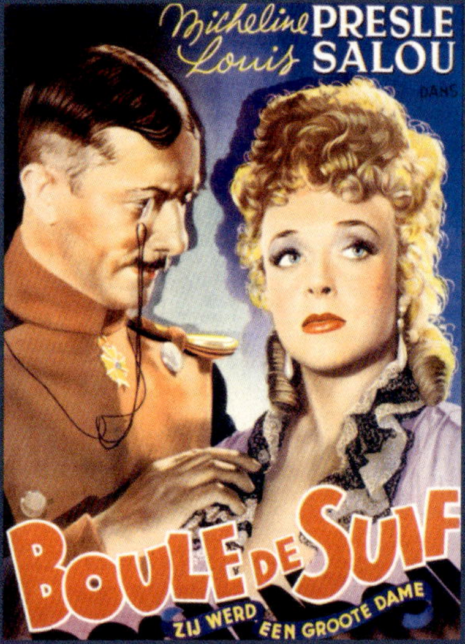

Création Studio Flammarion
Collections Cinémathèque française
Prod DB © Artis Films / DR

▲ Deux affiches différentes pour le film de Christian-Jaque, 1945.

Questions

1. Étudiez le cadrage et la composition des deux affiches.
   Quels aspects de la nouvelle chacune d'elles illustre-t-elle plus particulièrement ?
2. Comment interprétez-vous le fait que, dans la première affiche, le personnage de l'officier prussien est représenté à contre-jour ?
3. Quelle affiche trouvez-vous la plus adaptée ? Justifiez votre réponse.

Et tout cela était raconté d'une façon convenable et modérée, où parfois éclatait un enthousiasme voulu propre à exciter l'émulation [1].

On aurait pu croire, à la fin, que le seul rôle de la femme, ici-bas, était un perpétuel sacrifice de sa personne, un abandon continu aux caprices des soldatesques [2].

Les deux bonnes sœurs ne semblaient point entendre, perdues en des pensées profondes. Boule de suif ne disait rien.

Pendant toute l'après-midi on la laissa réfléchir. Mais, au lieu de l'appeler « madame » comme on avait fait jusque-là, on lui disait simplement « mademoiselle », sans que personne sût bien pourquoi, comme si l'on avait voulu la faire descendre d'un degré dans l'estime qu'elle avait escaladée, lui faire sentir sa situation honteuse.

Au moment où l'on servit le potage, M. Follenvie reparut, répétant sa phrase de la veille : « L'officier prussien fait demander à Mlle Élisabeth Rousset si elle n'a point encore changé d'avis. »

Boule de suif répondit sèchement : « Non, monsieur. »

Mais au dîner la coalition faiblit. Loiseau eut trois phrases malheureuses. Chacun se battait les flancs [3] pour découvrir des exemples nouveaux et ne trouvait rien, quand la comtesse, sans préméditation peut-être, éprouvant un vague besoin de rendre hommage à la Religion, interrogea la plus âgée des bonnes sœurs sur les grands faits de la vie des saints. Or beaucoup avaient commis des actes qui seraient des crimes à nos yeux ; mais l'Église absout [4] sans peine ces forfaits quand ils sont accomplis pour la gloire de Dieu, ou pour le bien du prochain. C'était un argument puissant ; la comtesse en profita. Alors, soit par une de ces ententes tacites [5], de ces complaisances voilées, où

1. ***Émulation*** : désir de faire aussi bien ou de surpasser quelqu'un que l'on prend pour modèle.

2. ***Soldatesques*** : soldats brutaux et indisciplinés.

3. ***Se battait les flancs*** : faisait des efforts vains.

4. ***Absout*** : pardonne.

5. ***Tacites*** : inexprimées.

excelle quiconque porte un habit ecclésiastique, soit simplement par l'effet d'une inintelligence heureuse, d'une secourable bêtise, la vieille religieuse apporta à la conspiration un formidable appui. On la croyait timide, elle se montra hardie, verbeuse[1], violente. Celle-là n'était pas troublée par les tâtonnements de la casuistique[2] ; sa doctrine semblait une barre de fer ; sa foi n'hésitait jamais ; sa conscience n'avait point de scrupules. Elle trouvait tout simple le sacrifice d'Abraham, car elle aurait immédiatement tué père et mère sur un ordre venu d'en haut ; et rien, à son avis, ne pouvait déplaire au Seigneur quand l'intention était louable. La comtesse, mettant à profit l'autorité sacrée de sa complice inattendue, lui fit faire comme une paraphrase[3] édifiante[4] de cet axiome[5] de morale : « La fin justifie les moyens. »

Elle l'interrogeait :

« Alors, ma sœur, vous pensez que Dieu accepte toutes les voies[6], et pardonne le fait quand le motif est pur ?

– Qui pourrait en douter, madame ? Une action blâmable en soi devient souvent méritoire par la pensée qui l'inspire. »

Et elles continuaient ainsi, démêlant les volontés de Dieu, prévoyant ses décisions, le faisant s'intéresser à des choses qui, vraiment, ne le regardaient guère.

Tout cela était enveloppé, habile, discret. Mais chaque parole de la sainte fille en cornette[7] faisait brèche[8] dans la résistance indignée de la courtisane. Puis, la conversation se détournant un peu, la femme aux chapelets pendants parla des maisons de son

---

1. ***Verbeuse*** : bavarde, qui dit les choses en trop de paroles.
2. ***Casuistique*** : étude des cas de conscience par les théologiens spécialistes de la morale.
3. ***Paraphrase*** : développement explicatif, long commentaire.
4. ***Édifiante*** : qui incite à la vertu.
5. ***Axiome*** : principe admis par tout le monde sans discussion.
6. ***Voies*** : conduites.
7. ***Cornette*** : coiffure de certaines religieuses.
8. ***Faisait brèche*** (vocabulaire de la guerre) : la brèche est une ouverture dans une enceinte fortifiée ; synonyme : entamait.

ordre, de sa supérieure, d'elle-même, et de sa mignonne voisine la chère sœur Saint-Nicéphore. On les avait demandées au Havre pour soigner dans les hôpitaux des centaines de soldats atteints de la petite vérole. Elle les dépeignit, ces misérables, détailla leur maladie. Et tandis qu'elles étaient arrêtées en route par les caprices de ce Prussien, un grand nombre de Français pouvaient mourir qu'elles auraient sauvés peut-être ! C'était sa spécialité, à elle, de soigner les militaires ; elle avait été en Crimée [1], en Italie, en Autriche, et, racontant ses campagnes, elle se révéla tout à coup une de ces religieuses à tambours et à trompettes qui semblent faites pour suivre les camps, ramasser des blessés dans les remous des batailles, et, mieux qu'un chef, dompter d'un mot les grands soudards [2] indisciplinés ; une vraie bonne sœur Ran-tan-plan dont la figure ravagée, crevée de trous sans nombre, paraissait une image des dévastations de la guerre.

Personne ne dit rien après elle, tant l'effet semblait excellent.

Aussitôt le repas terminé on remonta bien vite dans les chambres pour ne descendre, le lendemain, qu'assez tard dans la matinée.

Le déjeuner fut tranquille. On donnait à la graine semée la veille le temps de germer et de pousser ses fruits.

La comtesse proposa de faire une promenade dans l'après-midi ; alors le comte, comme il était convenu, prit le bras de Boule de suif, et demeura derrière les autres, avec elle.

Il lui parla de ce ton familier, paternel, un peu dédaigneux, que les hommes posés emploient avec les filles, l'appelant : « ma chère enfant », la traitant du haut de sa position sociale, de son honorabilité indiscutée. Il pénétra tout de suite au vif de la question :

« Donc vous préférez nous laisser ici, exposés comme vous-même à toutes les violences qui suivraient un échec des troupes

---

1. ***Crimée*** : une guerre opposa en 1854 et 1855 dans cette presqu'île de la mer Noire la Russie à d'autres nations dont la France.

2. ***Soudards*** : soldats brutaux et grossiers.

prussiennes, plutôt que de consentir à une de ces complaisances que vous avez eues si souvent en votre vie ? »

Boule de suif ne répondit rien.

Il la prit par la douceur, par le raisonnement, par les sentiments. Il sut rester « monsieur le comte », tout en se montrant galant quand il le fallut, complimenteur, aimable enfin. Il exalta le service qu'elle leur rendrait, parla de leur reconnaissance ; puis soudain, la tutoyant gaiement : « Et tu sais, ma chère, il pourrait se vanter d'avoir goûté d'une jolie fille comme il n'en trouvera pas beaucoup dans son pays. »

Boule de suif ne répondit pas et rejoignit la société.

Aussitôt rentrée, elle monta chez elle et ne reparut plus. L'inquiétude était extrême. Qu'allait-elle faire ? Si elle résistait, quel embarras !

L'heure du dîner sonna ; on l'attendit en vain. M. Follenvie, entrant alors, annonça que Mlle Rousset se sentait indisposée, et qu'on pouvait se mettre à table. Tout le monde dressa l'oreille. Le comte s'approcha de l'aubergiste, et, tout bas : « Ça y est ? – Oui. » Par convenance, il ne dit rien à ses compagnons, mais il leur fit seulement un léger signe de la tête. Aussitôt un grand soupir de soulagement sortit de toutes les poitrines, une allégresse parut sur les visages. Loiseau cria : « Saperlipopette ! je paye du champagne si l'on en trouve dans l'établissement » ; et Mme Loiseau eut une angoisse lorsque le patron revint avec quatre bouteilles aux mains. Chacun était devenu subitement communicatif et bruyant ; une joie égrillarde[1] emplissait les cœurs. Le comte parut s'apercevoir que Mme Carré-Lamadon était charmante, le manufacturier fit des compliments à la comtesse. La conversation fut vive, enjouée, pleine de traits[2].

Tout à coup, Loiseau, la face anxieuse et levant les bras, hurla : « Silence ! » Tout le monde se tut, surpris, presque effrayé

1. ***Égrillarde*** : licencieuse, qui goûte une situation osée.
2. ***Traits*** : bons mots, plaisanteries fines et spirituelles.

déjà. Alors il tendit l'oreille en faisant « Chut » des deux mains, leva les yeux vers le plafond, écouta de nouveau, et reprit, de sa voix naturelle : « Rassurez-vous, tout va bien. »

On hésitait à comprendre, mais bientôt un sourire passa.

Au bout d'un quart d'heure il recommença la même farce, la renouvela souvent dans la soirée ; et il faisait semblant d'interpeller quelqu'un à l'étage au-dessus, en lui donnant des conseils à double sens puisés dans son esprit de commis voyageur. Par moments il prenait un air triste pour soupirer : « Pauvre fille ! » ou bien il murmurait entre ses dents d'un air rageur : « Gueux de Prussien, va ! » Quelquefois, au moment où l'on n'y songeait plus, il poussait d'une voix vibrante plusieurs : « Assez ! Assez ! » et ajoutait, comme en se parlant à lui-même : « Pourvu que nous la revoyions ; qu'il ne l'en fasse pas mourir, le misérable ! »

Bien que ces plaisanteries fussent d'un goût déplorable, elles amusaient et ne blessaient personne, car l'indignation dépend des milieux comme le reste, et l'atmosphère qui s'était peu à peu créée autour d'eux était chargée de pensées grivoises [1].

Au dessert, les femmes elles-mêmes firent des allusions spirituelles et discrètes. Les regards luisaient ; on avait bu beaucoup. Le comte, qui conservait même en ses écarts [2] sa grande apparence de gravité, trouva une comparaison fort goûtée [3] sur la fin des hivernages [4] au pôle et la joie des naufragés qui voient s'ouvrir une route vers le sud.

Loiseau, lancé, se leva, un verre de champagne à la main : « Je bois à notre délivrance ! » Tout le monde fut debout ; on l'acclamait. Les deux bonnes sœurs, elles-mêmes, sollicitées par ces dames, consentirent à tremper leurs lèvres dans ce vin mousseux dont elles n'avaient jamais goûté. Elles déclarèrent que cela

1. ***Grivoises*** : osées, gauloises.
2. ***Écarts*** : débordements, actes inconvenants.
3. ***Goûtée*** : appréciée.
4. ***Hivernage*** : mauvaise saison que les navires passent à l'abri.

ressemblait à la limonade gazeuse, mais que c'était plus fin cependant.

Loiseau résuma la situation.

« C'est malheureux de ne pas avoir de piano parce qu'on pourrait pincer un quadrille [1]. »

Cornudet n'avait pas dit un mot, pas fait un geste ; il paraissait même plongé dans des pensées très graves, et tirait parfois, d'un geste furieux, sa grande barbe qu'il semblait vouloir allonger encore. Enfin, vers minuit, comme on allait se séparer, Loiseau qui titubait, lui tapa soudain sur le ventre et lui dit en bredouillant : « Vous n'êtes pas farce [2], vous, ce soir ; vous ne dites rien, citoyen ? » Mais Cornudet releva brusquement la tête, et parcourant la société d'un regard luisant et terrible : « Je vous dis à tous que vous venez de faire une infamie [3] ! » Il se leva, gagna la porte, répéta encore une fois : « Une infamie ! » et disparut.

Cela jeta un froid d'abord. Loiseau interloqué restait bête ; mais il reprit son aplomb, puis, tout à coup, se tordit en répétant : « Ils sont trop verts [4], mon vieux, ils sont trop verts. » Comme on ne comprenait pas, il raconta les « mystères du corridor ». Alors il y eut une reprise de gaieté formidable. Ces dames s'amusaient comme des folles. Le comte et M. Carré-Lamadon pleuraient à force de rire. Ils ne pouvaient croire.

« Comment. Vous êtes sûr ? Il voulait…

– Je vous dis que je l'ai vu.

– Et, elle a refusé…

– Parce que le Prussien était dans la chambre à côté.

---

1. ***Pincer un quadrille*** : danse à la mode au XIXe siècle ressemblant à la contredanse, où les danseurs exécutent des figures. Il s'agirait de jouer un air permettant de danser le quadrille.

2. ***Farce*** (familier et vieilli) : drôle.

3. ***Infamie*** : action moralement basse et honteuse.

4. ***« Ils sont trop verts »*** : allusion à la fable de La Fontaine, « Le renard et les raisins ». Voir p. 106.

– Pas possible ?

– Je vous jure. »

Le comte étouffait. L'industriel se comprimait le ventre à deux mains. Loiseau continuait :

« Et, vous comprenez, ce soir, il ne la trouve pas drôle, mais pas du tout. »

Et tous les trois repartaient, malades, essoufflés, toussant.

On se sépara là-dessus. Mais Mme Loiseau, qui était de la nature des orties, fit remarquer à son mari, au moment où ils se couchaient, que « cette chipie » de petite Carré-Lamadon avait ri jaune toute la soirée : « Tu sais, les femmes, quand ça en tient [1] pour l'uniforme, qu'il soit français ou bien prussien ça leur est, ma foi, bien égal. Si ce n'est pas une pitié, Seigneur Dieu ! »

Et toute la nuit, dans l'obscurité du corridor coururent comme des frémissements, des bruits légers, à peine sensibles, pareils à des souffles, des effleurements de pieds nus, d'imperceptibles craquements. Et l'on ne dormit que très tard, assurément, car des filets de lumière glissèrent longtemps sous les portes. Le champagne a de ces effets-là ; il trouble, dit-on, le sommeil.

Le lendemain, un clair soleil d'hiver rendait la neige éblouissante. La diligence, attelée enfin, attendait devant la porte, tandis qu'une armée de pigeons blancs, rengorgés [2] dans leurs plumes épaisses, avec un œil rose, taché, au milieu, d'un point noir, se promenaient gravement entre les jambes des six chevaux, et cherchaient leur vie dans le crottin fumant qu'ils éparpillaient.

Le cocher, enveloppé dans sa peau de mouton, grillait une pipe sur le siège, et tous les voyageurs radieux faisaient rapidement empaqueter des provisions pour le reste du voyage.

On n'attendait plus que Boule de suif. Elle parut.

Elle semblait un peu troublée, honteuse, et elle s'avança timidement vers ses compagnons, qui, tous, d'un même mouvement, se

---

1. ***Ça en tient*** : ça aime, ça a du goût pour (familier).
2. ***Rengorgés*** : avançant la gorge et ramenant la tête en arrière.

détournèrent comme s'ils ne l'avaient pas aperçue. Le comte prit avec dignité le bras de sa femme et l'éloigna de ce contact impur.

La grosse fille s'arrêta, stupéfaite ; alors, ramassant tout son courage, elle aborda la femme du manufacturier d'un « bonjour, Madame » humblement murmuré. L'autre fit de la tête seule un petit salut impertinent qu'elle accompagna d'un regard de vertu outragée. Tout le monde semblait affairé, et l'on se tenait loin d'elle comme si elle eût apporté une infection dans ses jupes. Puis on se précipita vers la voiture où elle arriva seule, la dernière, et reprit en silence la place qu'elle avait occupée pendant la première partie de la route.

On semblait ne pas la voir, ne pas la connaître ; mais Mme Loiseau, la considérant de loin avec indignation, dit à mi-voix à son mari : « Heureusement que je ne suis pas à côté d'elle. »

La lourde voiture s'ébranla, et le voyage recommença.

On ne parla point d'abord. Boule de suif n'osait pas lever les yeux. Elle se sentait en même temps indignée contre tous ses voisins, et humiliée d'avoir cédé, souillée par les baisers de ce Prussien entre les bras duquel on l'avait hypocritement jetée.

Mais la comtesse, se tournant vers Mme Carré-Lamadon, rompit bientôt ce pénible silence.

« Vous connaissez, je crois, Mme d'Étrelles ?

– Oui, c'est une de mes amies.

– Quelle charmante femme !

– Ravissante ! Une vraie nature d'élite[1], fort instruite d'ailleurs, et artiste jusqu'au bout des doigts : elle chante à ravir et dessine dans la perfection ! »

Le manufacturier causait avec le comte, et au milieu du fracas des vitres un mot parfois jaillissait : « Coupon[2] – échéance[3] – prime – à terme[4]. »

---

1. ***Nature d'élite*** : être doué d'une intelligence et d'un caractère supérieurs.
2. ***Coupon*** : partie que l'on détache d'un titre de vente et qui donne droit au paiement des intérêts.
3. ***Échéance*** : date à laquelle un paiement est exigible.
4. ***À terme*** : à une date fixée pour un paiement.

Loiseau, qui avait chipé le vieux jeu de cartes de l'auberge, engraissé par cinq ans de frottement sur les tables mal essuyées, attaqua un bésigue[1] avec sa femme.

Les bonnes sœurs prirent à leur ceinture le long rosaire qui pendait, firent ensemble le signe de la croix, et tout à coup leurs lèvres se mirent à remuer vivement, se hâtant de plus en plus, précipitant leur vague murmure comme pour une course d'oremus[2] ; et de temps en temps elles baisaient une médaille, se signaient de nouveau, puis recommençaient leur marmottement rapide et continu.

Cornudet songeait, immobile.

Au bout de trois heures de route, Loiseau ramassa ses cartes : « Il fait faim », dit-il.

Alors sa femme atteignit un paquet ficelé d'où elle fit sortir un morceau de veau froid. Elle le découpa proprement par tranches minces et fermes, et tous deux se mirent à manger. « Si nous en faisions autant », dit la comtesse. On y consentit et elle déballa les provisions préparées pour les deux ménages. C'était, dans un de ces vases allongés dont le couvercle porte un lièvre en faïence, pour indiquer qu'un lièvre en pâté gît au-dessous, une charcuterie succulente, où de blanches rivières de lard traversaient la chair brune du gibier, mêlée à d'autres viandes hachées fin. Un beau carré de gruyère, apporté dans un journal, gardait imprimé : « faits divers » sur sa pâte onctueuse.

Les deux bonnes sœurs développèrent un rond de saucisson qui sentait l'ail ; et Cornudet, plongeant les deux mains en même temps dans les vastes poches de son paletot[3], tira de l'une quatre œufs durs et de l'autre le croûton d'un pain. Il détacha la coque, la jeta sous ses pieds dans la paille et se mit à mordre à même les

1. ***Bésigue*** : jeu de cartes à plusieurs jeux de trente-deux cartes.

2. ***Oremus*** : verbe latin signifiant « prions » utilisé par le prêtre à la messe pour inviter les fidèles à la prière ; familier ici pour désigner les prières.

3. ***Paletot*** : vêtement court.

œufs, faisant tomber sur sa vaste barbe des parcelles de jaune clair qui semblaient, là-dedans, des étoiles.

Boule de suif, dans la hâte et l'effarement de son lever, n'avait pu songer à rien ; et elle regardait, exaspérée, suffoquant de rage, tous ces gens qui mangeaient placidement[1]. Une colère tumultueuse la crispa d'abord, et elle ouvrit la bouche pour leur crier leur fait avec un flot d'injures qui lui montait aux lèvres ; mais elle ne pouvait pas parler tant l'exaspération l'étranglait.

Personne ne la regardait, ne songeait à elle. Elle se sentait noyée dans le mépris de ces gredins[2] honnêtes qui l'avaient sacrifiée d'abord, rejetée ensuite, comme une chose malpropre et inutile. Alors elle songea à son grand panier tout plein de bonnes choses qu'ils avaient goulûment dévorées, à ses deux poulets luisants de gelée, à ses pâtés, à ses poires, à ses quatre bouteilles de bordeaux ; et sa fureur tombant soudain, comme une corde trop tendue qui casse, elle se sentit prête à pleurer. Elle fit des efforts terribles, se raidit, avala ses sanglots comme les enfants ; mais les pleurs montaient, luisaient au bord de ses paupières, et bientôt deux grosses larmes, se détachant des yeux, roulèrent lentement sur ses joues. D'autres les suivirent plus rapides coulant comme les gouttes d'eau qui filtrent d'une roche, et tombant régulièrement sur la courbe rebondie de sa poitrine. Elle restait droite, le regard fixe, la face rigide et pâle, espérant qu'on ne la verrait pas.

Mais la comtesse s'en aperçut et prévint son mari d'un signe. Il haussa les épaules comme pour dire : « Que voulez-vous ? ce n'est pas ma faute. » Mme Loiseau eut un rire muet de triomphe, et murmura : « Elle pleure sa honte. »

Les deux bonnes sœurs s'étaient remises à prier, après avoir roulé dans un papier le reste de leur saucisson.

---

1. ***Placidement*** : paisiblement, sans éprouver de trouble.
2. ***Gredins*** : personnes méprisables, sans honneur.

Alors Cornudet, qui digérait ses œufs, étendit ses longues jambes sous la banquette d'en face, se renversa, croisa ses bras, sourit comme un homme qui vient de trouver une bonne farce, et se mit à siffloter *La Marseillaise*[1].

Toutes les figures se rembrunirent. Le chant populaire, assurément, ne plaisait point à ses voisins. Ils devinrent nerveux, agacés, et avaient l'air prêts à hurler comme des chiens qui entendent un orgue de Barbarie. Il s'en aperçut, ne s'arrêta plus. Parfois même il fredonnait les paroles :

Amour sacré de la patrie
Conduis, soutiens, nos bras vengeurs,
Liberté, liberté chérie,
Combats avec tes défenseurs !

On fuyait plus vite, la neige étant plus dure ; et jusqu'à Dieppe, pendant les longues heures mornes du voyage, à travers les cahots du chemin, par la nuit tombante, puis dans l'obscurité profonde de la voiture, il continua, avec une obstination féroce, son sifflement vengeur et monotone, contraignant les esprits las et exaspérés à suivre le chant d'un bout à l'autre, à se rappeler chaque parole qu'ils appliquaient sur chaque mesure.

Et Boule de suif pleurait toujours ; et parfois un sanglot, qu'elle n'avait pu retenir, passait, entre deux couplets, dans les ténèbres.

---

1. ***La Marseillaise*** : elle ne devient hymne national qu'en 1879 ; d'origine révolutionnaire, elle ne peut qu'irriter les bourgeois conservateurs.

DOSSIER

- La guerre de 1870
- La prostituée au XIXe siècle
- Êtes-vous un lecteur attentif ?
- Vrai ou faux ?
- Puzzle historique
- Puzzle littéraire
- Procédés de style
- Portraits de femme
- D'un repas à l'autre
- Un pronom à définir
- Le renard et les raisins
- Une argumentation peu argumentée !
- Récit et temporalité

La guerre de 1870

Une chronique du *Gil Blas* (1883)

Un artiste habile en cette partie, un massacreur de génie, M. de Moltke [1], a répondu, voici deux ans, aux délégués de la paix, les étranges paroles que voici : « La guerre est sainte, d'institution divine ; c'est une des lois sacrées du monde ; elle entretient chez les hommes tous les grands, les nobles sentiments, l'honneur, le désintéressement, la vertu, le courage, et les empêche de tomber dans le plus hideux matérialisme [2] ! »

Ainsi, se réunir en troupeaux de quatre cent mille hommes, marcher jour et nuit sans repos, ne penser à rien, ne rien étudier, ne rien apprendre, ne rien lire, n'être utile à personne, pourrir de saleté, coucher dans la fange, vivre comme les brutes dans un hébétement continu, piller les villes, brûler les villages, ruiner les peuples, puis rencontrer une autre agglomération de viande humaine, se ruer dessus, faire des lacs de sang, des plaines de chair pilée mêlée à la terre boueuse et rougie, des monceaux de cadavres, avoir les bras ou les jambes emportés, la cervelle écrabouillée sans profit pour personne, et crever au coin d'un champ tandis que vos vieux parents, votre femme et vos enfants meurent de faim ; voilà ce qu'on appelle ne pas tomber dans le plus hideux matérialisme !

Les hommes de guerre sont les fléaux du monde. Nous luttons contre la nature, contre l'ignorance, contre les obstacles de toute sorte, pour rendre moins dure notre misérable vie. Des hommes, des bienfaiteurs, des savants usent leur existence à travailler, à chercher ce qui peut aider, ce qui peut secourir, ce qui peut soulager leurs frères. Ils vont acharnés à leur besogne utile, entassant les découvertes,

---

1. ***Moltke*** : chef de l'état-major, créateur de la stratégie prussienne, Moltke fit de l'armée allemande la première de son temps. Il conduisit les opérations de la guerre de 1870.
2. ***Matérialisme*** : état d'esprit caractérisé par la recherche des jouissances et des biens matériels ; le mot est péjoratif dans la bouche de Moltke.

DOSSIER

agrandissant l'esprit humain, élargissant la science, donnant chaque jour à l'intelligence une somme de savoir nouveau, donnant chaque jour à leur patrie du bien-être, de l'aisance, de la force.

La guerre arrive. En six mois, les généraux ont détruit vingt ans d'efforts, de patience, de travail et de génie.

Voilà ce qu'on appelle ne pas tomber dans le plus hideux matérialisme.

Nous l'avons vue, la guerre. Nous avons vu les hommes redevenus des brutes, affolés, tuer par plaisir, par terreur, par bravade, par ostentation. Alors que le droit n'existe plus, que la loi est morte, que toute notion du juste disparaît, nous avons vu fusiller des innocents trouvés sur une route et devenus suspects parce qu'ils avaient peur. Nous avons vu tuer des chiens enchaînés devant la porte de leurs maîtres pour essayer des revolvers neufs, nous avons vu mitrailler par plaisir des vaches couchées dans un champ, sans aucune raison, pour tirer des coups de fusil, histoire de rire.

Voilà ce qu'on appelle ne pas tomber dans le plus hideux matérialisme.

Entrer dans un pays, égorger l'homme qui défend sa maison parce qu'il est vêtu d'une blouse et n'a pas de képi sur la tête, brûler les habitations de misérables gens qui n'ont plus de pain, casser des meubles, en voler d'autres, boire le vin trouvé dans les caves, violer les femmes trouvées dans les rues, brûler des millions de francs de poudre, et laisser derrière soi la misère et le choléra.

Voilà ce qu'on appelle ne pas tomber dans le plus hideux matérialisme.

Qu'ont-ils donc fait pour prouver même un peu d'intelligence, les hommes de guerre ? Rien.

Qu'ont-ils inventé ? Des canons et des fusils. Voilà tout.

L'inventeur de la brouette, Pascal, n'a-t-il pas plus fait pour l'homme par cette simple et pratique idée d'ajuster une roue à deux bâtons que l'inventeur des fortifications modernes, Vauban ?

Est-ce l'invasion des Perses qui l'a empêchée de tomber dans le plus hideux matérialisme ? Sont-ce les invasions des barbares qui ont sauvé Rome et l'ont régénérée ?

Est-ce Napoléon Ier qui a continué le grand mouvement intellectuel commencé à la fin du siècle dernier par les philosophes révolutionnaires ?

Relisez les propos de Mme Follenvie ayant trait à la guerre et comparez-les au texte de cette chronique. Que constatez-vous ?

Quels aspects de la guerre violemment condamnés par Maupassant dans cette chronique n'apparaissent pas dans le texte de *Boule de suif* ?

Maupassant, *Mademoiselle Fifi* (1882)

Des officiers prussiens qui occupent un château en Normandie sont allés chercher pour se divertir des prostituées dans une maison close ; l'un d'eux, d'un naturel sadique, a pour surnom Mlle Fifi. Tous sont ivres, à l'exception de Rachel, une des prostituées sur laquelle Fifi a jeté son dévolu.

Mlle Fifi avait pris Rachel sur ses genoux, et, s'animant à froid, tantôt il embrassait follement les frisons d'ébène du cou, humant par le mince intervalle entre la robe et la peau la douce chaleur de son corps et tout le fumet de sa personne ; tantôt, à travers l'étoffe, il la pinçait avec fureur, la faisant crier, saisi d'une férocité rageuse, travaillé par son besoin de ravage. Souvent aussi, la tenant à pleins bras, l'étreignant comme pour la mêler à lui, il appuyait longuement ses lèvres sur la bouche fraîche de la juive, la baisait à perdre haleine ; mais soudain il la mordit si profondément qu'une traînée de sang descendit sur le menton de la jeune femme et coula dans son corsage.

Encore une fois, elle le regarda bien en face, et lavant la plaie, murmura : « Ça se paye, cela. » Il se mit à rire, d'un rire dur. « Je payerai », dit-il. […]

Le capitaine, voulant sans doute rendre à l'orgie un air galant, leva encore une fois son verre, et prononça : « À nos victoires sur les cœurs ! »

Alors le lieutenant Otto, espèce d'ours de la Forêt-Noire, se dressa, enflammé, saturé de boissons. Et envahi de patriotisme alcoolique, il cria : « À nos victoires sur la France ! »

Toutes grises qu'elles étaient, les femmes se turent ; et Rachel, frissonnante, se retourna : « Tu sais, j'en connais, des Français, devant qui tu ne dirais pas ça. »

Mais le petit marquis, la tenant toujours sur ses genoux, se mit à rire, rendu très gai par le vin : « Ah ! ah ! ah ! je n'en ai jamais vu, moi. Sitôt que nous paraissons, ils foutent le camp ! »

La fille, exaspérée, lui cria dans la figure : « Tu mens, salop ! »

Durant une seconde, il fixa sur elle ses yeux clairs, comme il les fixait sur les tableaux dont il crevait la toile à coups de revolver, puis il se remit à rire : « Ah ! oui, parlons-en, la belle ! serions-nous ici, s'ils étaient braves ? » Et il s'animait : « Nous sommes leurs maîtres ! à nous la France ! »

Elle quitta ses genoux d'une secousse et retomba sur sa chaise. Il se leva, tendit son verre jusqu'au milieu de la table et répéta : « À nous la France et les Français, les bois, les champs et les maisons de France ! » [...]

Alors, le petit marquis posa sur la tête de la juive sa coupe de champagne emplie à nouveau : « À nous aussi, cria-t-il, toutes les femmes de France ! »

Elle se leva si vite, que le cristal, culbuté, vida, comme pour un baptême, le vin jaune dans ses cheveux noirs, et il tomba, se brisant à terre. Les lèvres tremblantes, elle bravait du regard l'officier qui riait toujours, et elle balbutia, d'une voix étranglée de colère : « Ça, ça, ça n'est pas vrai, par exemple, vous n'aurez pas les femmes de France. »

Il s'assit pour rire bien à son aise, et, cherchant l'accent parisien : « Elle est pien ponne, pien ponne, qu'est-ce alors que tu viens faire ici, pétite ? »

Interdite, elle se tut d'abord, comprenant mal dans son trouble, puis, dès qu'elle eut bien saisi ce qu'il disait, elle lui jeta, indignée et véhémente : « Moi ! moi ! Je ne suis pas une femme, moi, je suis une putain ; c'est bien tout ce qu'il faut à des Prussiens. »

Elle n'avait point fini qu'il la giflait à toute volée ; mais comme il levait encore une fois la main, affolée de rage, elle saisit sur la table un petit couteau de dessert à lame d'argent, et si brusquement qu'on ne vit rien d'abord, elle le lui piqua droit dans le cou, juste au creux où la poitrine commence.

Un mot qu'il prononçait fut coupé dans sa gorge ; et il resta béant, avec un regard effroyable.

Tous poussèrent un rugissement, et se levèrent en tumulte ; mais ayant jeté sa chaise dans les jambes du lieutenant Otto, qui s'écroula de tout son long, elle courut à la fenêtre, l'ouvrit avant qu'on eût pu l'atteindre, et s'élança dans la nuit, sous la pluie qui tombait toujours.

En deux minutes, Mlle Fifi fut morte.

À quoi le corps des femmes est-il assimilé dans l'esprit de Mlle Fifi ? Pourquoi Rachel met-elle en avant sa condition de prostituée et se refuse-t-elle le statut de femme ? Quelle image a-t-elle du corps ?

Quels sont les points communs entre le personnage de Rachel et celui de Boule de suif ?

Daudet, *Contes du lundi* (1873)

Ce recueil de contes paru en 1873 est presque exclusivement consacré à la guerre de 1870 et à la chute du second Empire.

Comme on se bat depuis deux jours et qu'ils ont passé la nuit sac au dos sous une pluie torrentielle, les soldats sont exténués. Pourtant, voilà trois mortelles heures qu'on les laisse se morfondre, l'arme au pied, dans les flaques des grandes routes, dans la boue des chemins détrempés.

Alourdis par la fatigue, les nuits passées, les uniformes pleins d'eau, ils se serrent les uns contre les autres pour se réchauffer, pour se soutenir. Il y en a qui dorment tout debout, appuyés au sac d'un voisin, et la lassitude, les privations se voient mieux sur ces visages détendus, abandonnés dans le sommeil. La pluie, la boue, pas de feu, pas de soupe, un ciel bas et noir, l'ennemi qu'on sent tout autour. C'est lugubre…

Qu'est-ce qu'on fait là. Qu'est-ce qui se passe ? […]

On attend des ordres, et le quartier général n'en envoie pas.

Il n'est pas loin cependant, le quartier général. […]

Vraiment, sans le drapeau qui flotte à la crête du toit, sans les deux soldats en faction devant la grille, jamais on ne se croirait au quartier général. Les chevaux reposent dans les écuries. Çà et là on rencontre des brosseurs [1], des ordonnances en petite tenue [2] flânant aux abords des cuisines, ou quelque jardinier en pantalon rouge promenant tranquillement son râteau dans le sable des grandes cours.

La salle à manger, dont les fenêtres donnent sur le perron, laisse voir une table à moitié desservie, des bouteilles débouchées, des verres ternis et vides, blafards sur la nappe froissée, toute une fin de repas, les convives partis. Dans la pièce à côté, on entend des éclats de voix, des rires, des billes qui roulent, des verres qui se choquent. Le maréchal est en train de faire sa partie, et voilà pourquoi l'armée attend des ordres. Quand le maréchal a commencé sa partie, le ciel peut bien crouler, rien au monde ne saurait l'empêcher de la finir.

Le billard !

C'est sa faiblesse, à ce grand homme de guerre. Il est là, sérieux comme à la bataille, en grande tenue, la poitrine couverte de plaques [3], l'œil brillant, les pommettes enflammées, dans l'animation du repas, du jeu, des grogs. Ses aides de camp l'entourent, empressés, respectueux, se pâmant d'admiration à chacun de ses coups. [...]

C'est une partie vraiment intéressante. Les billes courent, se frôlent, croisent leurs couleurs. Les bandes [4] rendent bien, le tapis s'échauffe... Soudain la flamme d'un coup de canon passe dans le ciel. Un bruit sourd fait trembler les vitres. Tout le monde tressaille ; on se regarde avec inquiétude. Seul le maréchal n'a rien vu, rien entendu : penché sur le billard, il est en train de combiner un magnifique effet de recul ; c'est son fort, à lui, les effets de recul !...

Mais voilà un nouvel éclair, puis un autre. Les coups de canon se succèdent, se précipitent. Les aides de camp courent aux fenêtres. Est-ce que les Prussiens attaqueraient ?

---

1. *Brosseurs* : personnel chargé de frictionner les chevaux à l'aide de brosses.
2. *Ordonnances en petite tenue* : les soldats attachés au service des officiers ne portent pas leur uniforme de manière stricte et réglementaire.
3. *Plaques* : insignes militaires, médailles de décoration.
4. *Bandes* : rebords élastiques qui entourent le tapis des billards.

– Eh bien ! qu'ils attaquent ! dit le maréchal en mettant du blanc… À vous de jouer, capitaine.

L'état-major frémit d'admiration. […] Pendant ce temps, le vacarme redouble. Aux secousses du canon se mêlent les déchirements des mitrailleuses, les roulements des feux de peloton. […] Le quartier général commence à s'émouvoir. Dépêche sur dépêche. Les estafettes [1] arrivent à bride abattue. On demande le maréchal.

Le maréchal est inabordable. Quand je vous disais que rien ne pourrait l'empêcher d'achever sa partie. […]

Un aide de camp couvert de boue force la consigne, franchit le perron d'un saut :

– Maréchal ! Maréchal !…

Il faut voir comme il est reçu… Tout bouffant de colère et rouge comme un coq, le maréchal paraît à la fenêtre, sa queue de billard à la main :

– Qu'est-ce qu'il y a ?… Qu'est-ce que c'est ?… Il n'y a donc pas de factionnaire par ici ?

– Mais, maréchal…

– C'est bon… Tout à l'heure… Qu'on attende mes ordres, nom d… D… !

Et la fenêtre se referme avec violence.

Qu'on attende ses ordres !

C'est bien ce qu'ils font, les pauvres gens. Le vent leur chasse la pluie et la mitraille en pleine figure. Des bataillons entiers sont écrasés, pendant que d'autres restent, inutiles, l'arme au bras, sans pouvoir se rendre compte de leur inaction. Rien à faire. On attend les ordres… Par exemple, comme on n'a pas besoin d'ordres pour mourir, les hommes tombent par centaines derrière les buissons, dans les fossés, en face du grand château silencieux. Même tombés, la mitraille les déchire encore, et par leurs blessures ouvertes coule sans bruit le sang généreux de la France… Là-haut, dans la salle de billard, cela chauffe terriblement : le maréchal a repris son avance ; mais le petit capitaine se défend comme un lion…

1. *Estafettes* : messagers porteurs d'une dépêche.

Dix-sept ! Dix-huit ! Dix-neuf !...

À peine a-t-on le temps de marquer les points. Le bruit de la bataille se rapproche. Le maréchal ne joue plus que pour un. Déjà des obus arrivent dans le parc. [...] C'est le dernier coup...

Maintenant, un grand silence. Rien que la pluie qui tombe sur les charmilles [1], un roulement confus au bas du coteau, et, par les chemins détrempés, quelque chose comme le piétinement d'un troupeau qui se hâte... L'armée est en pleine déroute. Le maréchal a gagné sa partie.

En quoi le comportement du maréchal est-il scandaleux ? Commentez en particulier les deux dernières phrases du texte ci-dessus qui sont aussi celles de la nouvelle.
Que veut dénoncer Daudet par le biais de cette fiction ? En quoi sa dénonciation de la guerre est-elle différente de celle de Maupassant ?

Paul Déroulède, *Marches et sonneries* (1881)

J'en sais qui croient que la haine s'apaise :
Mais non ! l'oubli n'entre pas dans nos cœurs !
Trop de sol manque à la terre française,
Les conquérants ont été trop vainqueurs !
L'honneur, le rang, on a tout à reprendre...
Par quels moyens ? D'autres vous le diront.
Moi, c'est l'ardeur que je voudrais vous rendre.
Je ne suis, moi, qu'un sonneur de clairon.
Je vis les yeux baissés sur la frontière
Et, front baissé, comme un bœuf au labour,
Je vais rêvant à notre France entière,
Des murs de Metz au clocher de Strasbourg.
Depuis dix ans, j'ai commencé ce rêve,
Tout le traverse et rien ne l'interrompt,
Dieu veuille un jour qu'un grand Français l'achève !
Je ne suis, moi, qu'un sonneur de clairon.

1. *Charmilles* : berceau de charmes qui sont des arbrisseaux à bois blanc.

À quelles conséquences de la guerre de 1870 Déroulède fait-il allusion dans ce poème ?
Quels sentiments veut-il éveiller dans le cœur de ses lecteurs ? Que reproche-t-il à la Prusse ?
Renseignez-vous sur le traité de Versailles de 1919 ; si Déroulède avait pu le connaître, en aurait-il été satisfait, à votre avis ? Pourquoi les Allemands avaient-ils surnommé ce traité *Diktat* ? Quelles en ont été les conséquences historiques ?

La prostituée au XIXe siècle

Le Journal du Havre, 5 janvier 1871

Une nouvelle atrocité des Prussiens

Mes chers amis,

Sous le coup de l'indignation la plus vive, je viens vous raconter une infamie nouvelle des Prussiens, dont j'ai été témoin pendant mon voyage.

Vous savez, sans doute, que les Prussiens ont permis l'établissement d'un service de diligences entre Rouen et Dieppe. J'ai usé de ce mode de locomotion afin de me réfugier au Havre. Sauf quelques légers désagréments, tout alla bien jusqu'à Tôtes. Là, le conducteur reçut du poste prussien l'ordre de s'arrêter. L'officier qui commandait ce détachement nous demanda brutalement nos papiers.

Parmi nos compagnons de voyage se trouvait une jeune et charmante femme, que les façons de l'officier prussien paraissaient fortement impressionner. À peine le blond Germain eut-il levé les yeux sur le passeport de la voyageuse, qu'une méchanceté diabolique se refléta sur ses traits. Il venait d'apprendre que notre compagne était artiste dramatique.

Dès lors, il n'accorda plus qu'une médiocre attention aux autres passeports, et dit à l'actrice :

« Madame, vos papiers ne sont pas en règle : il faut me suivre. » En vain l'actrice essaya des explications. Le Prussien ne voulut rien entendre, et cria au conducteur : « Vous ne repartirez que dans quatre heures. »

Plus morte que vive, l'actrice fut bien obligée de se soumettre à la force, et de suivre son insolent conducteur dans l'auberge voisine, sévèrement gardée par un poste nombreux.

Forcés d'interrompre notre voyage, nous attendîmes patiemment, pendant quatre mortelles heures, en nous garantissant du froid le mieux possible.

Cinq heures, six heures se passent : l'officier ne reparaît pas. Notre inquiétude devient telle, que nous prenons la résolution d'aller demander des explications au poste prussien qui, pour toute réponse, nous présenta la pointe de ses baïonnettes.

Bref, ce n'est que le lendemain matin, à neuf heures, que notre compagne de voyage nous fut rendue. Ses traits étaient défaits, elle pleurait à chaudes larmes, et c'est au milieu de sanglots qu'elle put s'écrier : « Mon Dieu ! Je suis perdue. » On comprendra que nous n'ayons pas voulu augmenter cette douleur en lui demandant des explications, trop faciles, d'ailleurs, à deviner.

L'officier, d'un air de triomphe bestial, ordonna au conducteur de partir, du même ton dont il aurait commandé la charge en douze temps. Enfin, nous pûmes arriver à Dieppe où nous avons laissé la pauvre jeune femme dans un état à faire pitié. Si violent était son désespoir, que nous craignions vraiment pour sa raison !

Cette jeune actrice appartenait au théâtre de Rouen, et même, si je ne me trompe, elle a dû faire partie, il n'y a pas bien longtemps de la troupe du Havre, où elle s'était toujours fait remarquer par la régularité de sa vie.

VOTRE AMI

L'anecdote racontée ci-dessus a sans nul doute inspiré Maupassant, même si l'on sait que le modèle de la prostituée lui a été fourni par Adrienne Legay qui, pour rendre visite à son amant mobilisé au Havre, prenait souvent la diligence depuis Rouen. Quels éléments

Maupassant a-t-il empruntés à ce récit pour l'intrigue de *Boule de suif* ? Qu'a-t-il modifié ou ajouté qui lui a permis de rendre son récit plus dramatique ?

Comme on va le voir ci-dessous, dans les extraits des *Misérables*, de *L'Éducation sentimentale* ou de *Nana*, la prostituée est un personnage fréquent chez les romanciers du XIXe siècle. On pourrait aussi citer la Torpille dont Balzac fait le portrait dans *Splendeurs et misères des courtisanes* ou les « pensionnaires » de *La Maison Tellier* de Maupassant.
L'historien Alain Corbin, dans son ouvrage *Les Filles de noces*, dresse le portrait-type de la prostituée du XIXe siècle.
« Avec une étonnante constance, les auteurs soulignent l'instabilité, la loquacité de la fille publique, son goût pour l'alcool et en particulier pour l'absinthe, sa gourmandise, sa passion du jeu, sa propension à la paresse, au mensonge et à la colère. On se plaît toujours à souligner ses quelques qualités morales : le sens de la solidarité, l'attachement aux enfants, la pudeur à l'égard du corps médical et surtout la religiosité. [...] Seule innovation importante, la brutale émergence du thème de la prostituée patriote. »
Quels sont dans ce portrait les éléments qui peuvent s'appliquer à Boule de suif, à Rachel de *Mademoiselle Fifi*, et aux trois figures de prostituées évoquées ci-dessous ? Maupassant, Hugo et Zola vous semblent-ils avoir plutôt de la sympathie ou au contraire du mépris pour leurs héroïnes ?

Victor Hugo, *Les Misérables* (1862)

Dans *Les Misérables*, Victor Hugo décrit l'itinéraire de Fantine, une enfant trouvée, qu'une lente déchéance mène à la prostitution.

Fantine était un de ces êtres comme il en éclôt, pour ainsi dire, au fond du peuple. Sortie des plus insondables épaisseurs de l'ombre sociale, elle avait au front le signe de l'anonyme et de l'inconnu. Elle était née à M. – sur M. –. De quels parents ? Qui pourrait le dire ? On ne lui avait jamais connu ni père, ni mère. Elle se nommait Fantine.

Pourquoi Fantine ? On ne lui avait jamais connu d'autre nom. À l'époque de sa naissance, le Directoire existait encore. Point de nom de famille, elle n'avait pas de famille ; point de nom de baptême, l'Église n'était plus là. Elle s'appela comme il plut au premier passant qui la rencontra toute petite, allant pieds nus dans la rue. Elle reçut un nom comme elle recevait l'eau des nuées sur son front quand il pleuvait. On l'appela la petite Fantine. Personne n'en savait davantage. Cette créature humaine était venue à la vie comme cela. À dix ans, Fantine quitta la ville et s'alla mettre en service chez des fermiers des environs. À quinze ans, elle vint à Paris « chercher fortune ». Fantine était belle et resta pure le plus longtemps qu'elle put. C'était une jolie blonde avec de belles dents. Elle avait de l'or et des perles pour dot ; mais son or était sur sa tête et ses perles étaient dans sa bouche.

Elle travailla pour vivre ; puis, toujours pour vivre, car le cœur a sa faim aussi, elle aima.

Elle aima Tholomyès.

[Tholomyès est un étudiant parisien qui abandonne Fantine alors qu'elle attend un enfant. Voici le portrait de Fantine et de son enfant quelque temps après le départ de Tholomyès.]

L'enfant de cette femme était un des plus divins êtres qu'on pût voir. C'était une fille de deux à trois ans. [...] Elle avait un bavolet de linge fin, des rubans à sa brassière, de la valenciennes à son bonnet. Le pli de sa jupe relevée laissait voir sa cuisse blanche, potelée et ferme. Elle était admirablement rose et bien portante. La belle petite donnait envie de mordre dans les pommes de ses joues. On ne pouvait rien dire de ses yeux, sinon qu'ils devaient être très grands et qu'ils avaient des cils magnifiques. [...]

Quant à la mère, l'aspect en était pauvre et triste. Elle avait la mise d'une ouvrière qui tend à redevenir paysanne. Elle était jeune. Était-elle belle ? peut-être ; mais avec cette mise, il n'y paraissait pas. Ses cheveux, d'où s'échappait une mèche blonde, semblaient fort épais, mais disparaissaient sévèrement sous une coiffure de béguine, laide, serrée, étroite, et nouée au menton. Le rire montre les belles dents quand on en a ; mais elle ne riait point. Ses yeux ne semblaient pas être secs depuis très longtemps. Elle était pâle ; elle avait l'air très lasse et un peu malade. [...] Elle avait les mains hâlées et toutes piquées de taches de rousseur, l'index durci et déchiqueté par l'aiguille, une mante brune de laine bourrue, une robe de toile et de gros souliers. C'était Fantine.

[...] Le père de son enfant parti – hélas ! ces ruptures-là sont irrévocables –, elle se trouva isolée, avec l'habitude du travail de moins et le goût du plaisir de plus. Entraînée par sa liaison avec Tholomyès à dédaigner le petit métier qu'elle savait, elle avait négligé ses débouchés ; ils s'étaient fermés. Nulle ressource. [...] Elle sentit vaguement qu'elle était à la veille de tomber dans la détresse et de glisser dans le pire. Il fallait du courage, elle en eut, et se roidit. L'idée lui vint de retourner dans sa ville natale, à M. – sur M. –. Là quelqu'un peut-être la connaîtrait et lui donnerait du travail ; oui ; mais il faudrait cacher sa faute. Et elle entrevoyait la nécessité possible d'une séparation plus douloureuse encore que la première. Son cœur se serra, mais elle prit sa résolution. [...] Elle vendit tout ce qu'elle avait, ce qui lui produisit deux cents francs ; ses petites dettes payées, elle n'eut plus que quatre-vingts francs environ. À vingt-deux ans, par une belle matinée de printemps, elle quittait Paris, emportant son enfant sur le dos. Quelqu'un qui les eût vues passer toutes les deux eût eu pitié. Cette femme n'avait au monde que cet enfant et cet enfant n'avait au monde que cette femme. Fantine avait nourri sa fille ; cela lui avait fatigué la poitrine et elle toussait un peu.

[Fantine confie sa fille Cosette aux Thénardier puis se rend dans la ville de M. – sur M. – où elle se trouve du travail. Elle y vit honnêtement jusqu'à ce qu'on découvre qu'elle a eu un enfant hors mariage. Elle est renvoyée de son travail.]

Fantine s'offrit comme servante dans le pays ; elle alla d'une maison à l'autre. Personne ne voulut d'elle. [...] Elle se mit à coudre de grosses chemises pour les soldats de garnison, et gagnait douze sous par jour. Sa fille lui en coûtait dix. C'est en ce moment qu'elle se mit à mal payer les Thénardier.

Cependant une vieille femme qui lui allumait la chandelle quand elle rentrait le soir, lui enseigna l'art de vivre dans la misère. Derrière vivre de peu il y a vivre de rien. Ce sont deux chambres ; la première est obscure, la seconde est noire.

Fantine apprit comment on se passe de feu en hiver, comment on renonce à un oiseau qui vous mange un liard de millet tous les deux jours, comment on fait de son jupon sa couverture et de couverture son jupon, comment on ménage sa chandelle en prenant son repas à la lumière de la fenêtre d'en face. On ne sait pas tout ce que certains êtres faibles, qui ont vieilli dans le dénuement et l'honnêteté, savent tirer d'un sou. Cela finit par être un talent. Fantine acquit ce sublime talent et reprit un peu de courage.

[...] L'excès de travail fatiguait Fantine, et la petite toux sèche qu'elle avait, augmenta. Elle disait quelquefois à sa voisine Marguerite :

– Tâtez donc comme mes mains sont chaudes.

Cependant le matin, quand elle peignait avec un vieux peigne cassé ses beaux cheveux qui ruisselaient comme de la soie floche, elle avait une minute de coquetterie heureuse.

Elle avait été congédiée vers la fin de l'hiver ; l'été se passa, mais l'hiver revint. Jours courts, moins de travail. L'hiver, point de chaleur, point de lumière, point de midi, brouillard, crépuscule, la fenêtre est grise, on n'y voit pas clair. Le soleil a l'air d'un pauvre. L'affreuse saison ! L'hiver change en pierre l'eau du ciel et le cœur de l'homme. Ses créanciers la harcelaient.

Fantine gagnait trop peu. Ses dettes avaient grossi. Les Thénardier, mal payés, lui écrivaient à chaque instant des lettres dont le contenu la désolait, et dont le port la ruinait. Un jour ils lui écrivirent que sa petite Cosette était toute nue par le froid qu'il faisait, qu'elle avait besoin d'une jupe de laine, et qu'il fallait au moins que la mère envoyât dix francs pour cela. Elle reçut la lettre et la froissa dans ses mains tout le jour. Le soir elle entra chez un barbier qui habitait le coin de la rue, et défit son peigne. Ses admirables cheveux lui tombèrent jusqu'aux reins.

– Les beaux cheveux ! s'écria le barbier.

– Combien m'en donneriez-vous ? dit-elle.

– Dix francs.

– Coupez-les.

Elle acheta une jupe de tricot et l'envoya aux Thénardier.

[Mais les Thénardier réclament à nouveau de l'argent, sous prétexte que Cosette est malade. Fantine se résout à vendre ses dents.]

Fantine jeta son miroir par la fenêtre. [...] Elle avait perdu la honte, elle perdit la coquetterie. Dernier signe : elle sortait avec des bonnets sales. Soit faute de temps, soit par indifférence, elle ne raccommodait plus son linge. [...] Elle passait des nuits à pleurer et à songer. Elle avait les yeux très brillants, et elle sentait une douleur fixe dans l'épaule, vers le haut de l'omoplate gauche. Elle toussait beaucoup. [...] Elle cousait dix-sept heures par jour ; mais un entrepreneur du travail des prisons qui faisait travailler les prisonnières au rabais, fit tout à coup baisser les prix, ce qui réduisit la journée des ouvrières libres à neuf sous. Dix-sept heures de travail, et neuf sous par jour ! Ses créanciers étaient plus impitoyables que jamais. [...] Elle se sentait traquée et il se développait en elle quelque chose de bête farouche. Vers le même temps, le Thénardier lui écrivit que décidément il avait attendu avec beaucoup trop de bonté, et qu'il lui fallait cent francs, tout de suite, sinon qu'il mettrait à la porte la petite Cosette, toute convalescente de sa grande maladie, par le froid, par les chemins, et qu'elle deviendrait ce qu'elle pourrait, et qu'elle crèverait, si elle voulait.

– Cent francs, songea Fantine. Mais où il y a-t-il un état à gagner cent sous par jour ? Allons, vendons le reste.

L'infortunée se fit fille publique.

Gustave Flaubert, *L'Éducation sentimentale* (1869)

Frédéric, le héros du roman, est un jeune homme ami de la famille Arnoux. Amoureux de Mme Arnoux, il est aussi attiré par la maîtresse d'Arnoux, Rosanette, une prostituée surnommée la Maréchale.

À partir de ce jour, Arnoux fut encore plus cordial qu'auparavant ; il l'invitait à dîner chez sa maîtresse, et bientôt Frédéric hanta tout à la fois les deux maisons.

Celle de Rosanette l'amusait. On venait là le soir, en sortant du club ou du spectacle ; on prenait une tasse de thé, on faisait une partie de loto ; le dimanche, on jouait des charades ; Rosanette, plus turbulente que les autres, se distinguait par des inventions drolatiques, comme de courir à quatre pattes, ou de s'affubler d'un bonnet de coton. […] L'après-midi, par désœuvrement, elle découpait des fleurs dans un morceau de toile perse, les collait elle-même sur ses carreaux, barbouillait de fard ses deux petits chiens, faisait brûler des pastilles, ou se tirait la bonne aventure. Incapable de résister à une envie, elle s'engouait d'un bibelot qu'elle avait vu, n'en dormait pas, courait l'acheter, le troquait contre un autre, et gâchait les étoffes, perdait ses bijoux, gaspillait l'argent, aurait vendu sa chemise pour une loge d'avant-scène. Souvent, elle demandait à Frédéric l'explication d'un mot qu'elle avait lu, mais n'écoutait pas sa réponse, car elle sautait vite à une autre idée, en multipliant les questions. Après des spasmes de gaieté, c'étaient des colères enfantines […]. Sans y prendre garde, elle s'habillait devant lui, tirait avec lenteur ses bas de soie, puis se lavait à grande eau le visage, en se renversant la taille comme une naïade qui frissonne ; et le rire de ses dents blanches, les étincelles de ses yeux, sa beauté, sa gaieté éblouissaient Frédéric, et lui fouettaient les nerfs.

[…] Étaient-ce des avances ? Frédéric le crut. Quant à tromper un ami, Arnoux, à sa place, ne s'en gênerait guère ! et il avait bien le droit de n'être pas vertueux avec sa maîtresse, l'ayant toujours été avec sa femme [...]. Il résolut de s'y prendre avec la Maréchale carrément.

Donc, une après-midi, comme elle se baissait devant sa commode, il s'approcha d'elle et eut un geste d'une éloquence si peu ambiguë, qu'elle se redressa tout empourprée. Il recommença de suite ; alors, elle fondit en larmes, disant qu'elle était bien malheureuse et que ce n'était pas une raison pour qu'on la méprisât.

Il réitéra ses tentatives, elle prit un autre genre, qui fut de rire toujours. Il crut malin de riposter par le même ton, et en l'exagérant. Mais il se montrait trop gai pour qu'elle le crût sincère ; et leur camaraderie faisait obstacle à l'épanchement de toute émotion sérieuse. Enfin, un jour, elle répondit qu'elle n'acceptait pas les restes d'une autre.

– Quelle autre ?

– Eh oui ! va retrouver Mme Arnoux !

Car Frédéric en parlait souvent ; Arnoux, de son côté, avait la même manie ; elle s'impatientait, à la fin, d'entendre toujours vanter cette femme ; et son imputation était une espèce de vengeance.

Frédéric lui en garda rancune.

Elle commençait, du reste, à l'agacer fortement. Quelquefois, se posant comme expérimentée, elle disait du mal de l'amour avec un rire sceptique qui donnait des démangeaisons de la gifler. Un quart d'heure après, c'était la seule chose qu'il y eût au monde, et, croisant ses bras sur sa poitrine, comme pour serrer quelqu'un, elle murmurait : « Oh ! oui, c'est bon ! c'est si bon ! » les paupières entre-closes et à demi pâmée d'ivresse. Il était impossible de la connaître, de savoir, par exemple, si elle aimait Arnoux, car elle se moquait de lui et en paraissait jalouse. [...] Elle avait, enfin, sur toute sa personne, quelque chose d'inexprimable qui ressemblait à un défi ; – et il la désirait pour le plaisir surtout de la vaincre et de la dominer.

Comment faire ? car souvent elle le renvoyait sans nulle cérémonie, apparaissant une minute entre deux portes pour chuchoter : « Je suis occupée ; à ce soir ! » ou bien il la trouvait au milieu de douze personnes ; et quand ils étaient seuls, on aurait juré une gageure, tant les empêchements se succédaient. Il l'invitait à dîner, elle refusait toujours ; une fois, elle accepta, mais ne vint pas.

Émile Zola, *Nana* (1880)

Nana, prostituée parisienne, s'est retirée dans sa maison de campagne que lui a offerte un de ses amants. Elle vient de céder aux avances de Georges, un adolescent de bonne famille, résidant pour les vacances dans une propriété voisine.

Alors les jours suivants, la vie fut adorable. Nana, entre les bras du petit, retrouvait ses quinze ans. C'était sous la caresse de cette enfance, une fleur d'amour refleurissant chez elle, dans l'habitude et le dégoût de l'homme. Il lui venait des rougeurs subites, des émois qui la laissaient frissonnante, un besoin de rire et de pleurer, toute une virginité inquiète, traversée de désirs, dont elle restait honteuse. Jamais elle n'avait éprouvé cela. La campagne la trempait de tendresse. Étant petite, longtemps elle avait souhaité vivre dans un pré, avec une chèvre, parce qu'un jour, sur le talus des fortifications, elle avait vu une chèvre qui bêlait, attachée à un pieu. Maintenant, cette propriété, toute cette terre à elle, la gonflait d'une émotion débordante, tant ses ambitions se trouvaient dépassées. Elle était ramenée aux sensations neuves d'une gamine ; et le soir, lorsque étourdie par sa journée vécue au grand air, grise de l'odeur des feuilles, elle montait rejoindre son Zizi [1], caché derrière le rideau, ça lui semblait une escapade de pensionnaire en vacances, un amour avec un petit cousin qu'elle devait épouser, tremblante au moindre bruit, redoutant que ses parents ne l'entendissent, goûtant les tâtonnements délicieux et les voluptueuses épouvantes d'une première faute.

Nana eut, à ce moment, des fantaisies de fille sentimentale. Elle regardait la lune pendant des heures. Une nuit, elle voulut descendre au jardin avec Georges, quand toute la maison fut endormie ; et ils se promenèrent sous les arbres, les bras à la taille, et ils allèrent se coucher dans l'herbe, où la rosée les trempa. Une autre fois, dans la chambre, après un silence, elle sanglota au cou du petit, en balbutiant qu'elle avait peur de mourir. Elle chantait souvent à demi-voix une romance de madame Lerat [2], pleine de fleurs et d'oiseaux,

---

1. *Zizi* : surnom de Georges.
2. Mme Lerat est la tante de Nana.

s'attendrissant aux larmes, s'interrompant pour prendre Georges dans une étreinte de passion, en exigeant de lui des serments d'amour éternel. Enfin, elle était bête, comme elle reconnaissait elle-même, lorsque tous les deux redevenus camarades fumaient des cigarettes au bord du lit, les jambes nues, tapant le bois des talons.

Mais ce qui acheva de fondre le cœur de la jeune femme, ce fut l'arrivée de Louiset[1]. Sa crise de maternité eut la violence d'un coup de folie. Elle emportait son fils au soleil pour le regarder gigoter ; elle se roulait avec lui sur l'herbe, après l'avoir habillé comme un prince. Tout de suite elle voulut qu'il dormît près d'elle, dans la chambre voisine, où madame Lerat, très impressionnée par la campagne, ronflait, dès qu'elle était sur le dos. Et Louiset ne faisait pas le moindre tort à Zizi, au contraire. Elle disait qu'elle avait deux enfants, elle les confondait dans le même caprice de tendresse. La nuit, à plus de dix reprises, elle lâchait Zizi pour voir si Louiset avait une bonne respiration ; mais, quand elle revenait, elle reprenait son Zizi avec un restant de ses caresses maternelles, elle faisait la maman ; tandis que lui, vicieux, aimant bien être petit aux bras de cette grande fille, se laissait bercer comme un bébé qu'on endort. C'était si bon, que, charmée par cette existence, elle lui proposa de ne plus jamais quitter la campagne. Ils renverraient tout le monde, ils vivraient seuls, lui, elle et l'enfant. Et ils firent mille projets, jusqu'à l'aube, sans entendre madame Lerat, qui ronflait à poings fermés, lasse d'avoir cueilli des fleurs champêtres.

1. Louiset est le fils que Nana a eu à l'âge de seize ans. D'ordinaire Louiset vit chez une nourrice.

Êtes-vous un lecteur attentif ?

En vous aidant de la préface et de la chronologie, choisissez la bonne réponse parmi les trois possibilités qui vous sont offertes :

1. Maupassant est l'auteur de...

A. *Pierre et Jean*
B. *Les Soirées de Médan*
C. *Madame Bovary*

2. Maupassant souhaitait suivre des études de...

A. droit
B. médecine
C. journalisme

3. Maupassant a été employé au ministère...

A. de l'Instruction publique
B. de la Guerre et des Armées
C. des Finances

4. *Les Soirées de Médan* ont été publiées sous le patronage de...

A. Flaubert
B. Zola
C. Huysmans

5. Maupassant a connu le régime politique...

A. de la monarchie de Juillet
B. du Premier Empire
C. de la IIIe République

Vrai ou faux ?

Êtes-vous familier de Maupassant ? Pour répondre aux questions suivantes, vous pouvez vous référer à la préface.

	Vrai	Faux
A. Maupassant pour écrire *Boule de suif* s'est inspiré de personnages ayant réellement existé.	❑	❑
B. La préface de *Pierre et Jean* est un manifeste en faveur du naturalisme.	❑	❑
C. Maupassant écrivait des chroniques pour des journaux.	❑	❑
D. Maupassant est l'auteur de romans fantastiques.	❑	❑
E. Maupassant donne souvent pour cadre à ses récits la Normandie.	❑	❑
F. La France a remporté contre la Prusse la bataille de Sedan.	❑	❑
G. Maupassant était très sportif.	❑	❑
H. Maupassant était membre de la Ligue des patriotes fondée par Déroulède.	❑	❑

Avez-vous bien lu *Boule de suif* ?

	Vrai	Faux
A. Les voyageurs de la diligence veulent se rendre à Dieppe.	❑	❑
B. Le départ de la diligence a lieu un mardi matin très tôt parce que c'est moins dangereux.	❑	❑
C. Loiseau est assis à côté du comte de Bréville.	❑	❑
D. Toutes les femmes présentes dans la diligence sont assises du même côté.	❑	❑
E. Les voyageurs sont au nombre de dix.	❑	❑
F. Les Normands sont réputés pour leur bonne humeur et leur jovialité.	❑	❑
G. L'action de *Boule de suif* dure quatre jours.	❑	❑
H. La taille de l'officier prussien est comparée à celle d'une guêpe.	❑	❑
I. M. et Mme Follenvie ont deux fils dans l'armée.	❑	❑

J. Jeanne d’Arc est un modèle de dévouement proposé à Boule de suif.	❑	❑
K. Le comte de Bréville a des convictions légitimistes.	❑	❑
L. Cornudet porte une longue moustache rousse.	❑	❑
M. Boule de suif va à l’église de Tôtes pour assister à un mariage.	❑	❑
N. Le soir où Boule de suif se rend à l’officier prussien, ses compagnons de voyage boivent une coupe de champagne.	❑	❑
O. Cornudet a essayé de séduire Boule de suif.	❑	❑

Puzzle historique

Le XIXe siècle a vu se succéder un grand nombre de régimes politiques. Retrouvez-en la chronologie en associant à chacun d’entre eux les dates qui lui conviennent et la personnalité qui l’a dominé.

Monarchie de Juillet •	• 1848-1852 •	• Napoléon Ier
Première Restauration •	• 1815-1830 •	• Ferry, Thiers, Mac-Mahon
Cent-Jours •	• 1814-1815 •	• Lamartine, Ledru-Rollin, Louis-Philippe
IIe République •	• 1852-1870 •	• Napoléon III
Ier Empire •	• 1870-1940 •	• Louis-Philippe
Second Empire •	• 1830-1848 •	• Charles X
IIIe République •	• 1815 •	• Louis-Philippe, Charles X
Seconde Restauration •	• 1804-1814 •	• Napoléon Ier

Retrouvez les convictions politiques de certains des passagers de la diligence :

Cornudet est .... ; il aimerait vivre en ....
Boule de suif est .... ; son héros est ....
Le comte de Bréville est .... ; il est partisan du roi ....

Puzzle littéraire

Associez à chacun de ces écrivains du XIXe siècle l'œuvre qu'il a écrite et reliez chacune d'elles à son genre littéraire.

- Hugo
- Flaubert
- Balzac
- Maupassant
- Gautier
- Mérimée
- Musset
- Baudelaire
- Rimbaud
- Verlaine
- Chateaubriand
- Nerval
- Stendhal
- Daudet
- Zola

- *Fêtes galantes*
- *Illuminations*
- *Les Fleurs du mal*
- *Lorenzaccio*
- *Contes du lundi*
- *Le Rouge et le Noir*
- *L'Éducation sentimentale*
- *Le Colonel Chabert*
- *Le Roman de la momie*
- *La Vénus d'Ille*
- *Bel-Ami*
- *Les Châtiments*
- *Poésies*
- *Mémoires d'outre-tombe*
- *Germinal*

- roman
- théâtre
- nouvelle
- poèmes
- autobiographie

Procédés de style

Retrouvez dans chacune des phrases extraites de *Boule de suif* l'un des procédés de style suivants :

antithèse – métaphore filée – périphrase – comparaison – métonymie – alliance de mots ou oxymore – hyperboles – marques de l'ironie du narrateur – groupe ternaire.

1. Boule de suif, dans la hâte et l'effarement de son lever, n'avait pu songer à rien, et elle regardait exaspérée, suffoquant de rage, tous ces gens qui mangeaient placidement.

2. D'autres [larmes] les suivirent plus rapides, coulant comme les gouttes d'eau qui filtrent d'une roche, et tombant régulièrement sur la courbe rebondie de sa poitrine.

3. Elle se sentait noyée dans le mépris de ces gredins honnêtes qui l'avaient sacrifiée d'abord, rejetée ensuite, comme une chose malpropre et inutile.

4. Mais la légère tranche de pudeur dont est bardée toute femme du monde ne recouvrant que la surface, elles s'épanouissaient dans cette aventure polissonne, s'amusaient follement au fond, se sentant dans leur élément, tripotant de l'amour avec la sensualité d'un cuisinier gourmand qui prépare le souper d'un autre.

5. Puis, la conversation se détournant un peu, la femme aux chapelets pendants parla des maisons de son ordre, de sa supérieure, d'elle-même, et de sa mignonne voisine la chère sœur Sainte-Nicéphore.

6. On prépara longuement le blocus, comme pour une forteresse investie. Chacun convint du rôle qu'il jouerait, des arguments dont il s'appuierait, des manœuvres qu'il devrait exécuter. On régla le plan des attaques, les ruses à employer et les surprises de l'assaut, pour forcer cette citadelle vivante à recevoir l'ennemi dans la place.

7. Elle se révéla tout à coup une de ces religieuses à tambours et à trompette [...] ; une vraie bonne sœur Ran-tan-plan dont la figure ravagée, crevée de trous sans nombre, paraissait une image des dévastations de la guerre.

8. M. Tournel, auteur de fables et de chansons, [...] avait proposé aux dames [...] de faire une partie de « Loiseau vole ». Le mot lui-même vola à travers les salons du préfet, puis, gagnant ceux de la ville avait fait rire pendant un mois toutes les mâchoires de la province.

9. Leurs chefs, anciens commerçants en draps ou en graines, ex-marchands de suif ou de savon, guerriers de circonstance, nommés officiers pour leurs écus ou la longueur de leurs moustaches, couverts d'armes, de flanelle et de galons, parlaient d'une voix retentissante, discutaient plans de campagne, et prétendaient soutenir seuls la France agonisante sur leurs épaules de fanfarons.

10. À côté du cocher se tenait, en pleine lumière, un officier allemand, un grand jeune homme excessivement mince et blond, serré dans son uniforme comme une fille en son corset, et portant sur le côté sa casquette plate et cirée qui le faisait ressembler au chasseur d'un hôtel anglais. Sa moustache démesurée, à longs poils droits, s'amincissant indéfiniment de chaque côté et terminée par un seul fil blond si mince qu'on n'en apercevait pas la fin, semblait peser sur les coins de sa bouche, et, tirant la joue, imprimait aux lèvres un pli tombant.

11. On raconta des faits horribles des Prussiens, des traits de bravoure des Français ; et tous ces gens qui fuyaient rendirent hommage au courage des autres.

12. On se leva encore d'assez bonne heure le lendemain, avec un espoir indéterminé, un désir plus grand de s'en aller, une terreur du jour à passer dans cette horrible petite auberge.

Portraits de femmes

Complétez ce portrait de Boule de suif à l'aide des adjectifs qualificatifs suivants ; attention : ils vous sont proposés dans le désordre et les accords sont à votre charge :

rouge – rond – magnifiques – épais
charmant – bouffi – luisant – énorme
luisant – appétissant – précoce – court

> La femme, une de celles appelées galantes, était célèbre par son embonpoint .... qui lui avait valu le surnom de Boule de suif. Petite, ... de partout, ... à lard, avec des doigts ...., étranglés aux phalanges, pareils à des chapelets de .... saucisses, avec une peau .... et tendue, une gorge .... qui saillait sous sa robe, elle restait cependant .... et courue, tant sa fraîcheur faisait plaisir à voir. Sa figure était une pomme ...., un bouton de pivoine prêt à fleurir, et là-dedans s'ouvraient, en haut, des yeux noirs ...., ombragés de grands cils .... qui mettaient une ombre dedans ; en bas, une bouche.................., étroite, humide pour le baiser, meublée de quenottes .... et microscopiques.

Quelles sont les deux caractéristiques du personnage qui peuvent se dégager de ce portrait ? Aidez-vous des adjectifs qualificatifs que vous avez replacés. Quel regard le narrateur porte-t-il sur son héroïne ? Quel aspect du personnage ce portrait n'envisage-t-il pas ?

3. Boule de suif est appétissante : donnez le sens propre et le sens figuré de cet adjectif ; relevez dans le portrait ci-dessus les termes appartenant au champ lexical de la nourriture.

4. Retrouvez la femme cachée derrière chacun des extraits suivants de *Boule de suif*.

A. Grande, forte et résolue, avec la voix haute et la décision rapide.

Qui suis-je ? ....

B. Très chétive, [...] une tête jolie et maladive sur une poitrine de phtisique.

Qui suis-je ? ....

C. Beaucoup plus jeune que son mari, [...] consolation des officiers de bonne famille envoyés en garnison à Rouen, [...] toute petite, toute mignonne, toute jolie.

Qui suis-je ? ....

D. Vieille avec une face défoncée par la petite vérole comme si elle avait reçu à bout portant une bordée de mitraille en pleine figure.

Qui suis-je ? ....

E. Condescendance aimable de très nobles dames qu'aucun contact ne peut salir.

Qui suis-je ? ....

D'un repas à l'autre

Le panier de Boule de suif est incomplet ; remplissez-le.

> Boule de suif [...] retira de sous la banquette un large panier couvert d'une serviette blanche.
> Elle en sortit [...] une vaste terrine dans laquelle deux .... entiers, tout découpés, avaient confit sous leur .... [...] Elle prit une .... de poulet et, délicatement, se mit à la manger avec un de ces petits .... qu'on appelle .... en Normandie. [...]
> Il contenait encore un pâté de................. gras, un pâté de ...., un morceau de .... fumée, des .... de Crassane, un pavé de ...., des petits-fours et une tasse pleine de .... et d'oignons au ....: Boule de suif, comme toutes les femmes, adorait les crudités.
> Boule de suif a aussi apporté quatre bouteilles de ....

1. Quel procédé de style le narrateur a-t-il utilisé pour présenter le contenu du panier ? Que révèle ce dernier sur Boule de suif ?

2. Pour le voyage de Tôtes au Havre, les passagers de la diligence, à l'exception de Boule de suif, se sont montrés prévoyants ; attribuez à chacun les provisions qu'il a emportées.

Cornudet •	• un lièvre en pâté
Les deux sœurs •	• un morceau de veau froid
Les Loiseau •	• un carré de gruyère
Les Bréville et les Carré-Lamadon •	• quatre œufs durs et le croûton d'un pain
	• un rond de saucisson à l'ail

Quel contraste remarquez-vous entre le panier de Boule de suif et la nourriture apportée par ses compagnons ? Commentez le choix et la quantité de ces aliments ; en quoi sont-ils révélateurs du comportement des passagers ?

Un pronom à définir

Le pronom indéfini « on » est souvent utilisé dans *Boule de suif* ; essayez de préciser qui il désigne dans les extraits suivants :

1. Les Prussiens allaient entrer dans Rouen, disait-**on**.
2. **On** aurait pu croire, à la fin, que le seul rôle de la femme ici-bas, était un perpétuel sacrifice de sa personne, un abandon continu aux caprices des soldatesques.
3. Cependant Cornudet avait une gourde pleine de rhum ; il en offrit : **on** refusa froidement. Loiseau seul en accepta deux gouttes.

4. Enfin, à trois heures, comme **on** se trouvait au milieu d'une plaine interminable, sans un seul village en vue, Boule de suif, se baissant vivement, retira de sous la banquette un large panier couvert d'une serviette blanche.

5. Et, jetant un regard circulaire, il [Loiseau] ajouta : « Dans des moments comme celui-ci, **on** est bien aise de trouver des gens qui vous obligent. »

6. Alors Boule de suif, rougissante et embarrassée, balbutia en regardant les quatre voyageurs restés à jeun : « Mon Dieu, si j'osais offrir à ces messieurs et à ces dames... » [...] **On** hésitait, personne n'osant assumer la responsabilité du « oui ».

7. Au moment où l'**on** servit le potage, M. Follenvie reparut.

8. **On** ne pouvait manger les provisions de cette fille sans lui parler. Donc, **on** causa, avec réserve d'abord, puis, comme elle se tenait fort bien, **on** s'abandonna davantage.

9. **On** s'entretint de la guerre naturellement. **On** raconta des faits horribles des Prussiens, des traits de bravoure des Français.

10. À la fin **on** le [le conducteur de la diligence] découvrit dans le café du village, attablé fraternellement avec l'ordonnance de l'officier. Le comte l'interpella :
« Ne vous avait-**on** pas donné l'ordre d'atteler pour huit heures ?
– Ah bien oui, mais **on** m'en a donné un autre depuis. »

11. **On** les [les deux sœurs] avait demandées au Havre pour soigner dans les hôpitaux des centaines de soldats atteints de la petite vérole.

Le renard et les raisins

Dans *Boule de suif*, à Cornudet qui ne prend pas part aux réjouissances suscitées par le sacrifice de Boule de suif, Loiseau répond : « Ils sont trop verts mon vieux, ils sont trop verts », et il raconte à ses compagnons ce qu'il appelle les « mystères du corridor ». Par cette phrase, Loiseau fait allusion à la fable de La Fontaine « Le renard et les raisins ». Lisez-la et expliquez en quoi il pense être désagréable à Cornudet par cette remarque.

Certain Renard gascon, d'autres disent normand,
Mourant presque de faim, vit au haut d'une treille
    Des raisins mûrs apparemment
    Et couverts d'une peau vermeille.
Le Galant en eût fait volontiers un repas ;
    Mais comme il n'y pouvait atteindre :
« Ils sont trop verts, dit-il, et bons pour des goujats. »
    Fit-il pas mieux que de se plaindre ?

Une argumentation peu argumentée !

Les passagers de la diligence, dans leur majorité, essaient de convaincre Boule de suif que se donner à l'ennemi est un acte nécessaire et patriotique. Relisez leur argumentation : de « Aussitôt à table » à « La fin justifie les moyens » (p. 62-64). Pour étayer leur thèse, ils ont recours à des exemples historiques ou bibliques. Éclaircissez les allusions suivantes : Judith et Holopherne, Lucrèce et Sextus, Cléopâtre et les généraux romains, Hannibal à Capoue.
Ces exemples vous semblent-ils appropriés à la situation de Boule de suif et des voyageurs contraints de rester dans l'auberge ? Justifiez votre réponse.

Récit et temporalité

En vous référant au texte de *Boule de suif*, complétez le tableau suivant ; pour calculer la durée de certains éléments, il est parfois nécessaire d'interpréter le texte.

Épisodes	Durée des épisodes	Nombre de pages
1. Défaite française, invasion prussienne	plusieurs jours	
2. Départ et ses préparatifs	1 heure environ	
3. Début du voyage et présentation des personnages		
4. Repas et discussion dans la diligence	2 heures environ	
5. Arrivée à l'auberge, requête de l'officier et dîner		
6. 1re nuit, scène entre Boule de suif et Cornudet	de huit à dix heures	
7. 1re journée d'attente, entrevue avec l'officier prussien, nuit		
8. 2e journée d'attente et nuit	24 heures	
9. 3e journée : conspiration contre Boule de suif		
10. 3e journée : déjeuner	1 ou 2 heures environ	
11. 3e journée : après-midi		
12. 3e journée : au dîner, offensive de la coalition	une à deux heures	
13. Nuit, matinée, déjeuner et après-midi du quatrième jour		
14. Soirée et sacrifice de Boule de suif	cinq heures environ	
15. Nuit		
16. Départ et voyage	un peu plus de trois heures	
17. Deuxième repas en diligence		
18. Voyage jusqu'à Dieppe	plusieurs heures	

En consultant le tableau, répondez aux questions ou complétez les phrases suivantes :

A. Les scènes les plus nombreuses sont celles des repas ; elles apparaissent .... fois. Au total elles occupent environ .... heures et couvrent approximativement .... pages sur un nombre total de ....

B. Comparez le rapport existant entre le nombre de pages et le nombre d'heures de l'épisode 11 et celui de l'épisode 4. Que constatez-vous ? Quelle est la fonction de ces distorsions temporelles ?

C. L'épisode 4 au début du récit peut être rapproché à la fin du récit de l'épisode............... L'épisode 16 peut être mis en parallèle avec l'épisode ....

D. Quand ils ne mangent pas, quelle est la principale activité des personnages ? Montrez comment Boule de suif en est exclue.

E. Dans l'épisode 14, pendant que Boule de suif se trouve avec l'officier, ses compagnons sont occupés à ...., cependant que la prostituée est, elle, ... par l'officier prussien au sens sexuel du mot.

Notes et citations

Notes et citations

Notes et citations

Notes et citations

Notes et citations

Notes et citations

Les classiques et les contemporains dans la même collection

ALAIN-FOURNIER
Le Grand Meaulnes

ANDERSEN
La Petite Fille et les allumettes et autres contes

ANOUILH
La Grotte

APULÉE
Amour et Psyché

ASIMOV
Le Club des Veufs noirs

AUCASSIN ET NICOLETTE

BALZAC
Le Bal de Sceaux
Le Chef-d'œuvre inconnu
Le Colonel Chabert
Ferragus
Le Père Goriot
La Vendetta

BARBEY D'AUREVILLY
Les Diaboliques – Le Rideau cramoisi, Le Bonheur dans le crime

BARRIE
Peter Pan

BAUDELAIRE
Les Fleurs du mal – *Nouvelle édition*

BAUM (L. FRANK)
Le Magicien d'Oz

BEAUMARCHAIS
Le Mariage de Figaro

BELLAY (DU)
Les Regrets

LA BELLE ET LA BÊTE ET AUTRES CONTES

BERBEROVA
L'Accompagnatrice

BERNARDIN DE SAINT-PIERRE
Paul et Virginie

LA BIBLE
Histoire d'Abraham
Histoire de Moïse

BOVE
Le Crime d'une nuit. Le Retour de l'enfant

BRADBURY
L'Homme brûlant et autres nouvelles

CARRIÈRE (JEAN-CLAUDE)
La Controverse de Valladolid

CARROLL
Alice au pays des merveilles

CERVANTÈS
Don Quichotte

CHAMISSO
L'Étrange Histoire de Peter Schlemihl

LA CHANSON DE ROLAND

CATHRINE (ARNAUD)
Les Yeux secs

CHATEAUBRIAND
Mémoires d'outre-tombe

CHEDID (ANDRÉE)
L'Enfant des manèges et autres nouvelles
Le Message
Le Sixième Jour

CHRÉTIEN DE TROYES
Lancelot ou le Chevalier de la charrette
Perceval ou le Conte du graal
Yvain ou le Chevalier au lion

CLAUDEL (PHILIPPE)
Les Confidents et autres nouvelles

COLETTE
Le Blé en herbe

COLIN (FABRICE)
Projet oXatan

COLLODI
Pinocchio

CORNEILLE
Le Cid – *Nouvelle édition*

DAUDET
Aventures prodigieuses de Tartarin de Tarascon
Lettres de mon moulin

DEFOE
Robinson Crusoé

DIDEROT
Entretien d'un père avec ses enfants

Jacques le Fataliste
Le Neveu de Rameau
Supplément au Voyage de Bougainville

DOYLE
Trois Aventures de Sherlock Holmes

DUMAS
Le Comte de Monte-Cristo
Pauline
Robin des Bois
Les Trois Mousquetaires, t. 1 et 2

FABLIAUX DU MOYEN ÂGE
LA FARCE DE MAÎTRE PATHELIN
LA FARCE DU CUVIER ET AUTRES FARCES DU MOYEN ÂGE

FENWICK (JEAN-NOËL)
Les Palmes de M. Schutz

FERNEY (ALICE)
Grâce et Dénuement

FEYDEAU
Un fil à la patte

FEYDEAU-LABICHE
Deux courtes pièces autour du mariage

FLAUBERT
La Légende de saint Julien l'Hospitalier
Un cœur simple

GARCIN (CHRISTIAN)
Vies volées

GAUTIER
Le Capitaine Fracasse
La Morte amoureuse. La Cafetière et autres nouvelles

GOGOL
Le Nez. Le Manteau

GRAFFIGNY (MME DE)
Lettres d'une péruvienne

GRIMM
Le Petit Chaperon rouge et autres contes

GRUMBERG (JEAN-CLAUDE)
L'Atelier
Zone libre

HIGGINS (COLIN)
Harold et Maude – *Adaptation de Jean-Claude Carrière*

HOBB (ROBIN)
Retour au pays

HOFFMANN
L'Enfant étranger
L'Homme au Sable
Le Violon de Crémone. Les Mines de Falun

HOLDER (ÉRIC)
Mademoiselle Chambon

HOMÈRE
Les Aventures extraordinaires d'Ulysse
L'Iliade
L'Odyssée

HUGO
Claude Gueux
L'Intervention *suivie de* La Grand'mère
Le Dernier Jour d'un condamné
Les Misérables – *Nouvelle édition*
Notre-Dame de Paris
Quatrevingt-treize
Le roi s'amuse
Ruy Blas

JAMES
Le Tour d'écrou

JARRY
Ubu Roi

JONQUET (THIERRY)
La Vigie

KAFKA
La Métamorphose

KAPUŚCIŃSKI
Autoportrait d'un reporter

KRESSMANN TAYLOR
Inconnu à cette adresse

LABICHE
Un chapeau de paille d'Italie

LA BRUYÈRE
Les Caractères

LEBLANC
L'Aiguille creuse

LONDON (JACK)
L'Appel de la forêt

MME DE LAFAYETTE
La Princesse de Clèves

LA FONTAINE
Le Corbeau et le Renard et autres fables – *Nouvelle édition des* Fables, *collège*
Fables, *lycée*

LANGELAAN (GEORGE)
La Mouche. Temps mort

LAROUI (FOUAD)
L'Oued et le Consul et autres nouvelles

LE FANU (SHERIDAN)
Carmilla

LEROUX
Le Mystère de la Chambre Jaune
Le Parfum de la dame en noir

LOTI
Le Roman d'un enfant

MARIVAUX
La Double Inconstance
L'Île des esclaves
Le Jeu de l'amour et du hasard

MATHESON (RICHARD)
Au bord du précipice et autres nouvelles
Enfer sur mesure et autres nouvelles

MAUPASSANT
Bel-Ami
Boule de suif
Le Horla et autres contes fantastiques
Le Papa de Simon et autres nouvelles
La Parure et autres scènes de la vie parisienne
Toine et autres contes normands
Une partie de campagne et autres nouvelles au bord de l'eau

MÉRIMÉE
Carmen
Mateo Falcone. Tamango
La Vénus d'Ille – *Nouvelle édition*

MIANO (LÉONORA)
Afropean Soul et autres nouvelles

LES MILLE ET UNE NUITS
Ali Baba et les quarante voleurs
Le Pêcheur et le Génie. Histoire de Ganem
Sindbad le marin

MOLIÈRE
L'Amour médecin. Le Sicilien ou l'Amour peintre
L'Avare – *Nouvelle édition*
Le Bourgeois gentilhomme – *Nouvelle édition*
Dom Juan
L'École des femmes
Les Femmes savantes
Les Fourberies de Scapin – *Nouvelle édition*
George Dandin
Le Malade imaginaire – *Nouvelle édition*
Le Médecin malgré lui
Le Médecin volant. La Jalousie du Barbouillé
Le Misanthrope
Les Précieuses ridicules
Le Tartuffe

MONTAIGNE
Essais

MONTESQUIEU
Lettres persanes

MUSSET
Il faut qu'une porte soit ouverte ou fermée. Un caprice
On ne badine pas avec l'amour

OVIDE
Les Métamorphoses

PASCAL
Pensées

PERRAULT
Contes – *Nouvelle édition*

PIRANDELLO
Donna Mimma et autres nouvelles
Six Personnages en quête d'auteur

POE
Le Chat noir et autres contes fantastiques
Double Assassinat dans la rue Morgue. La Lettre volée

POUCHKINE
La Dame de pique et autres nouvelles

PRÉVOST
Manon Lescaut

PROUST
Combray

RABELAIS
Gargantua
Pantagruel

RACINE
Phèdre
Andromaque

RADIGUET
Le Diable au corps

RÉCITS DE VOYAGE
Le Nouveau Monde (Jean de Léry)
Les Merveilles de l'Orient (Marco Polo)

RENARD
Poil de Carotte

RIMBAUD
Poésies

ROBERT DE BORON
Merlin

ROMAINS
L'Enfant de bonne volonté

LE ROMAN DE RENART – *Nouvelle édition*

ROSTAND
Cyrano de Bergerac

ROUSSEAU
Les Confessions

SALM (CONSTANCE DE)
Vingt-quatre heures d'une femme sensible

SAND
Les Ailes de courage
Le Géant Yéous

SAUMONT (ANNIE)
Aldo, mon ami et autres nouvelles
La guerre est déclarée et autres nouvelles

SCHNITZLER
Mademoiselle Else

SÉVIGNÉ (MME DE)
Lettres

SHAKESPEARE
Macbeth
Roméo et Juliette

SHELLEY (MARY)
Frankenstein

STENDHAL
L'Abbesse de Castro
Vanina Vanini. Le Coffre et le Revenant

STEVENSON
Le Cas étrange du Dr Jekyll et de M. Hyde
L'Île au trésor

STOKER
Dracula

SWIFT
Voyage à Lilliput

TCHÉKHOV
La Mouette
Une demande en mariage et autres pièces en un acte

TITE-LIVE
La Fondation de Rome

TOURGUÉNIEV
Premier Amour

TRISTAN ET ISEUT

TROYAT (HENRI)
Aliocha

VALLÈS
L'Enfant

VERLAINE
Fêtes galantes, Romances sans paroles *précédé de* Poèmes saturniens

VERNE
Le Tour du monde en 80 jours
Un hivernage dans les glaces

VILLIERS DE L'ISLE-ADAM
Véra et autres nouvelles fantastiques

VIRGILE
L'Énéide

VOLTAIRE
Candide – *Nouvelle édition*
L'Ingénu
Jeannot et Colin. Le monde comme il va
Micromégas
Zadig – *Nouvelle édition*

WESTLAKE (DONALD)
Le Couperet

WILDE
Le Fantôme de Canterville et autres nouvelles

ZOLA
Comment on meurt
Germinal
Jacques Damour
Thérèse Raquin

ZWEIG
Le Joueur d'échecs

Les anthologies dans la même collection

AU NOM DE LA LIBERTÉ
Poèmes de la Résistance

L'AUTOBIOGRAPHIE

BAROQUE ET CLASSICISME

LA BIOGRAPHIE

BROUILLONS D'ÉCRIVAINS
Du manuscrit à l'œuvre

« C'EST À CE PRIX QUE VOUS MANGEZ DU SUCRE... » Les discours sur l'esclavage d'Aristote à Césaire

CETTE PART DE RÊVE QUE CHACUN PORTE EN SOI

CEUX DE VERDUN
Les écrivains et la Grande Guerre

LES CHEVALIERS DU MOYEN ÂGE

CONTES DE SORCIÈRES

CONTES DE VAMPIRES

LE CRIME N'EST JAMAIS PARFAIT
Nouvelles policières 1

DE L'ÉDUCATION
Apprendre et transmettre de Rabelais à Pennac

LE DÉTOUR

FAIRE VOIR : QUOI, COMMENT, POUR QUOI ?

FÉES, OGRES ET LUTINS
Contes merveilleux 2

LA FÊTE

GÉNÉRATION(S)

LES GRANDES HEURES DE ROME

L'HUMANISME ET LA RENAISSANCE

IL ÉTAIT UNE FOIS
Contes merveilleux 1

LES LUMIÈRES

LES MÉTAMORPHOSES D'ULYSSE
Réécritures de L'*Odyssée*

MONSTRES ET CHIMÈRES

MYTHES ET DIEUX DE L'OLYMPE

NOIRE SÉRIE...
Nouvelles policières 2

NOUVELLES DE FANTASY 1

NOUVELLES FANTASTIQUES 1
Comment Wang-Fô fut sauvé et autres récits

NOUVELLES FANTASTIQUES 2
Je suis d'ailleurs et autres récits

ON N'EST PAS SÉRIEUX QUAND ON A QUINZE ANS Adolescence et littérature

PAROLES DE LA SHOAH

PAROLES, ÉCHANGES, CONVERSATIONS ET RÉVOLUTION NUMÉRIQUE

LA PEINE DE MORT
De Voltaire à Badinter

POÈMES DE LA RENAISSANCE

POÉSIE ET LYRISME

LE PORTRAIT

RACONTER, SÉDUIRE, CONVAINCRE
Lettres des XVIIe et XVIIIe siècles

RÉALISME ET NATURALISME

RÉCITS POUR AUJOURD'HUI
17 fables et apologues contemporains

RIRE : POUR QUOI FAIRE ?

RISQUE ET PROGRÈS

ROBINSONNADES
De Defoe à Tournier

LE ROMANTISME

SCÈNES DE LA VIE CONJUGALE
Le couple au théâtre, de Shakespeare à Yasmina Reza

LE SURRÉALISME

LA TÉLÉ NOUS REND FOUS !

LES TEXTES FONDATEURS

TROIS CONTES PHILOSOPHIQUES
Diderot, Saint-Lambert, Voltaire

TROIS NOUVELLES NATURALISTES
Huysmans, Maupassant, Zola

VIVRE AU TEMPS DES ROMAINS

VOYAGES EN BOHÈME
Baudelaire, Rimbaud, Verlaine

Imprimé à Barcelone par:
BLACK PRINT

Création maquette intérieure :
Sarbacane Design.

Composition : IGS-CP.
N° d'édition : L.01EHRN000436.A004
Dépôt légal : septembre 2014